たったひとつの君との約束

〜失恋修学旅行〜

みずのまい・作
U35（うみこ）・絵

集英社みらい文庫

「手紙《てがみ》はもう書《か》けない」「ごめん」「元気《げんき》でな」
そして、電話《でんわ》は切《き》られた。
これって、もう会《あ》えないってこと？
わたし、失恋《しつれん》したの？
あっけない幕切《まくぎ》れに涙《なみだ》もでない。
修学旅行《しゅうがくりょこう》、ずっと楽《たの》しみにしていたのに、
こんな気持《きも》ちのまま出発《しゅっぱつ》するなんて。

ひかり、もう二度《ど》と会《あ》えないの？

目《もく》次《じ》＆人《じん》物《ぶつ》紹《しょう》介《かい》

前田《まえだ》未来《みらい》

小《しょう》5のときに病院《びょういん》でひかりと出会《であ》う。6年生《ねんせい》になり、再会《さいかい》。持病《じびょう》がある。

明《あか》るくてまっすぐな性格《せいかく》。サッカーが大好《だいす》き。

大木《おおき》ひかり

大宮《おおみや》まりん

ひかりのサッカーチームのマネージャー。

クラスメイト。未来《みらい》に告白《こくはく》したことがある。

藤岡《ふじおか》龍斗《りゅうと》

鈴原《すずはら》静香《しずか》

未来《みらい》の親友《しんゆう》。おしゃべりで、服《ふく》は個性的《こせいてき》＆おしゃれ。どうやら好《す》きな人《ひと》ができたようで……？

あらすじ

ひかりとは、5年生《ねんせい》のとき病院《びょういん》で出会《であ》った。
一年後《ねんご》に会《あ》おうって約束《やくそく》をして―――
6年生《ねんせい》の夏《なつ》、キセキ的《てき》に再会《さいかい》した。

ひかりとは学校《がっこう》がちがう。
めったに会《あ》えないから、
連絡方法《れんらくほうほう》は、手紙《てがみ》や電話《でんわ》が中心《ちゅうしん》。

あるとき、お母《かあ》さんに、
ひかりとの
文《ぶん》通《つう》がばれてしまった！

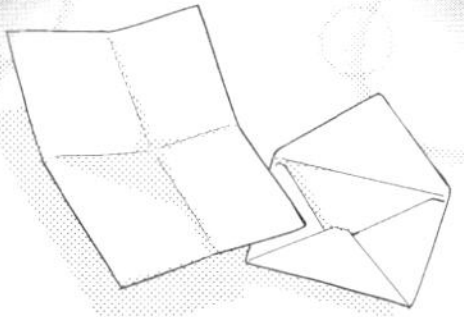

そして、ひかりとの電《でん》話《わ》中《ちゅう》、
「もう手《て》紙《がみ》は書《か》けない」と言《い》われてしまって…？
（続《つづ》きは本《ほん》文《ぶん》を楽《たの》しんでね♡）

1章《しょう》 これは失恋《しつれん》ですか？

――失恋《しつれん》したのかもしれない。

急《きゅう》に不安《ふあん》になり、胸《むね》がしめつけられた。

私《わたし》、前田未来《まえだみらい》には、好《す》きな人《ひと》がいる。

名前《なまえ》は大木《おおき》ひかり、自分《じぶん》と同《おな》じ6年生《ねんせい》。

ひかりとは、5年生《ねんせい》の夏休《なつやす》み、入院先《にゅういんさき》の病院《びょういん》で出会《であ》った。

私《わたし》には膠原病《こうげんびょう》という持病《じびょう》があって、とつぜん、熱《ねつ》がでたり、関節《かんせつ》が痛《いた》くなったりする。

そのころの私《わたし》は、病気《びょうき》の不安《ふあん》から、とげとげしいいやな子《こ》だった。

でも、おばあちゃんのおみまいに来《き》ていたひかりと出会《であ》って、1人《ひとり》ぼっちだった病室《びょうしつ》で、いっしょに花火《はなび》を見《み》ているうちに、コンクリートみたいにかたかった私《わたし》の心《こころ》はすっかりやわらかくなってしまった。

そして、ひかりを好《す》きになった。

一年後《ねんご》に会《あ》おうという約束《やくそく》をし、6年生《ねんせい》になって、ひかりとキセキ的《てき》な再会《さいかい》を果《は》たせた。

けど、私《わたし》とひかりは、学校《がっこう》がちがうし、住《す》んでいるところもはなれていて、おまけに、2人《ふたり》ともスマホを持《も》っていない。

だから、私《わたし》たちは手紙《てがみ》でやりとりをするようになった。

家《いえ》の電話番号《でんわばんごう》も教《おし》えあった。

親友《しんゆう》の静香《しずか》は、好《す》きな男《おとこ》の子《こ》と文通《ぶんつう》したり、電話《でんわ》で話《はな》せたりできて、うらやましいと言《い》ってくれる。

だけど、私《わたし》はひかりを好《す》きになればなるほど、心細《こころぼそ》い。

だって、ひかりが返事《へんじ》を書《か》いてくれなくなったら、ひかりとの交流《こうりゅう》は終《お》わってしまう。

しかも、ひかりはサッカーチームのキャプテンで、マネージャーの大宮《おおみや》まりんさんがいつもそばにいる。

そこで、私《わたし》は一大決心《いちだいけっしん》をした。

好《す》きと伝《つた》える、つまり、告白《こくはく》するって決心《けっしん》を。

ちょうど、学習発表会《がくしゅうはっぴょうかい》があって、うちのクラスは合唱《がっしょう》を披露《ひろう》することになり、それを聞《き》きに来《き》てもらって、伝《つた》えようと考《かんが》えた。

ひかりは、うちの学校《がっこう》まで来《き》てくれた。

しかも、合唱《がっしょう》が終《お》わったあと、校庭《こうてい》で2人《ふたり》きりになれた。

今《いま》なら言《い》えると、私《わたし》が口《くち》を開《ひら》きかけたとき。

予想《よそう》もしなかったことが起《お》きた。たまたま、合唱《がっしょう》を聞《き》きに来《き》ていた、私《わたし》のお母《かあ》さんが通《とお》りかかってしまったの！

じつは、お母《かあ》さんには、よく手紙《てがみ》をくれる、大木《おおき》ひかりって子《こ》は、女《おんな》の子《こ》だって説明《せつめい》していて。

だって、男《おとこ》の子《こ》と手紙《てがみ》のやりとりをしているとは言《い》えないじゃない。

私《わたし》は、すごくあせったんだけど、もう、仕方《しかた》ないと、お母《かあ》さんに「こちらは大木《おおき》ひかり君《くん》」って紹介《しょうかい》してしまった。

そうしたら、お母《かあ》さん、ひかりが男《おとこ》の子《こ》だったことにおどろいて、ぎくしゃくしたへんな態度《たいど》になっちゃって。

ひかりは、サッカーの練習《れんしゅう》があるって、そのまま帰《かえ》っていったんだけど、私《わたし》には、ひかりがお母《かあ》さんの態度《たいど》を気《き》にしているように思《おも》えて。

次《つぎ》の日《ひ》、すぐに手紙《てがみ》をだした。

ひかり、ごめんね、じつは私《わたし》、お母《かあ》さんにひかりは女《おんな》の子《こ》だって説明《せつめい》していたのって。


ところが……。

十日《とおか》経《た》っても、返事《へんじ》が来《こ》ない！　電話《でんわ》もかかってこない。

今《いま》まで、手紙《てがみ》をだすと、返事《へんじ》か電話《でんわ》か、大体《だいたい》はすぐにくれたんだけど。

ひょっとして、ひかり、おこってる？　「未来《みらい》の家《いえ》では、おれは女《おんな》になってるのかよ！」って頭《あたま》にきちゃったとか？

それを通《とお》りこして、きらわれた……とか？

そう考《かんが》えると、どうしても、あるこわい言葉《ことば》が頭《あたま》に浮《う》かんでしまう。

失恋《しつれん》……。

失恋《しつれん》って、つきあっていたのに別《わか》れるとか、気持《きも》ちを伝《つた》えたのに拒否《きょひ》されたことをいうんだと思《おも》っていたけれど、好《す》きって言《い》うまえにきらわれたっていうパターンもあるんじゃない？

どうしよう、手紙《てがみ》にバカ正直《しょうじき》に書《か》きすぎたのかも！


「ようし、それでは、修学旅行《しゅうがくりょこう》の班編成《はんへんせい》をくじで決《き》めるぞ」

担任《たんにん》の若林先生《わかばやしせんせい》の声《こえ》に、教室中《きょうしつじゅう》がどっと、わいた。

今《いま》、修学旅行《しゅうがくりょこう》についてのホームルーム中《ちゅう》で、みんな、うきうきしている。

けれど、私《わたし》は、1人《ひとり》、暗闇《くらやみ》の中《なか》に座《すわ》っているみたいだ。

だって、みんなは「あの子《こ》といっしょの班《はん》になりたい、なれるかな？」って、どきどきしているけど、私《わたし》の場合《ばあい》は、今《いま》、一番会《いちばんあ》いたい人《ひと》と、ひかりと、いっしょに修学旅行《しゅうがくりょこう》に行《い》けるわけじゃないし、それどころか、失恋《しつれん》してしまったのかもしれない。

だれかに話《はな》したら「おおげさだよ」って笑《わら》われるかもしれないけれど、私《わたし》とひかりの関《かん》係《けい》って、そのぐらいあぶなっかしいんだよ。

高《たか》い崖《がけ》と崖《がけ》との間《あいだ》を細《ほそ》いロープで綱《つな》わたりしているのと同《おな》じ。

学校《がっこう》も住《す》んでいる場所《ばしょ》もはなれていて、しかも、片思《かたおも》いで。自分《じぶん》の置《お》かれている状況《じょうきょう》を「遠距離片思《えんきょりかたおも》い」って名《な》づけていたけど、まさか、失恋《しつれん》になっちゃうなんて。

たしか、大人《おとな》が失恋《しつれん》して旅《たび》にでることを傷心旅行《しょうしんりょこう》っていうんだよね。

私《わたし》の場合《ばあい》、もう、修学旅行《しゅうがくりょこう》じゃなくて、そっちのほうなのかもしれない。

もう、ひかりとは一生《いっしょう》、会《あ》えない……？

「どうした、前田《まえだ》。おまえの番《ばん》だぞ」

気《き》づくと、若林先生《わかばやしせんせい》がとなりにいて、箱《はこ》を差《さ》しだしていた。

「すみません」

はっと我《われ》にかえり、クジをひくと、「5」と書《か》かれてある。

「よし、前田未来《まえだみらい》、5班《はん》」

先生《せんせい》の声《こえ》に書記係《しょきがかり》の子《こ》が、5班《はん》の下《した》に私《わたし》の名前《なまえ》を書《か》いてくれた。

そして、私《わたし》の名前《なまえ》の上《うえ》には、鈴原静香《すずはらしずか》の名前《なまえ》もあった。

「やった〜、未来《みらい》！　うちといっしょ！」

はなれた席《せき》に座《すわ》っている静香《しずか》が、これ以上《いじょう》はありえないってぐらいのはしゃいだ声《こえ》をあげる。

「こら、鈴原《すずはら》。うるさい。名前《なまえ》が静香《しずか》なんだから、しずかにしろ」

若林先生《わかばやしせんせい》の言葉《ことば》に、みんな、げらげらと笑《わら》う。

とうの静香《しずか》は「名前《なまえ》と性格《せいかく》は別《べつ》だよ～」と、ほほをふくらましていた。

けど、私《わたし》は静香《しずか》のはしゃぎっぷりにかなり救《すく》われた。

ひかりといっしょに、日光《にっこう》には行《い》けないけど、静香《しずか》と同《おな》じ班《はん》で、しかも、静香《しずか》が私《わたし》といっしょの班《はん》ということをすごく喜《よろこ》んでくれている。

じめっとした心《こころ》にぱっとひまわりの花《はな》が咲《さ》いたような明《あか》るい気持《きも》ちになれた。

「よし、各班集《かくはんあつ》まって、班長《はんちょう》を決《き》めろ」

先生《せんせい》の声《こえ》に、班《はん》ごとに集《あつ》まっていく。

私《わたし》も静香《しずか》のほうに歩《あゆ》みよると、「よろしく」と男子《だんし》に呼《よ》びかけられた。

藤岡龍斗《ふじおかりゅうと》だった。

ひかりはファイターズ、龍斗《りゅうと》はコンドルズっていうサッカーチームに所属《しょぞく》していておたがいキャプテン同士《どうし》。ライバルだけど、友《とも》だちでもある。

じつは、以前《いぜん》、告白《こくはく》されたんだけど、はっきりと「ひかりが私《わたし》のすべて」って断《ことわ》った。

龍斗本人《りゅうとほんにん》は、一見《いっけん》ちゃらちゃらしているように見《み》えるんだけど、本当《ほんとう》はまわりの人《ひと》のことをすごくよく考《かんが》えていて、今《いま》はいい友《とも》だちになれたと思《おも》っている。

「うちの班《はん》は、男子《だんし》2人《ふたり》、女子《じょし》3人《にん》のようだね」

合唱《がっしょう》のときに、指揮《しき》を担当《たんとう》してくれた男《おとこ》の子《こ》、眼鏡《めがね》のにあう青山君《あおやまくん》が言《い》った。

そのうしろには、同《おな》じく合唱《がっしょう》のときにピアノをひいてくれた、前下《まえさ》がりボブの風見紫苑《かざみしおん》さんがいる。

ひかえめだけど、ひとことひとことに不思議《ふしぎ》な説得力《せっとくりょく》のある女《おんな》の子《こ》だ。

「さてと、班長《はんちょう》はだれがいいのかな？」

5人《にん》で机《つくえ》をよせあうと、青山君《あおやまくん》が言《い》った。

静香《しずか》が「うちだけはやめたほうがいい」と、両手《りょうて》をぶんぶんとふる。

その姿《すがた》がおかしくて、みんな、おなかをかかえて笑《わら》うと、風見《かざみ》さんが口《くち》を開《ひら》いた。

「前田《まえだ》さん、しっかりしていて、いい気《き》がする」

笑《わら》い声《ごえ》が消《き》え、その場《ば》の4人《にん》が私《わたし》に注目《ちゅうもく》した。

え？　ととまどいながらもやってみたい気持《きも》ちもあった。

でも、一《ひと》つ、心配《しんぱい》なことが。だって、私《わたし》……。

「未来《みらい》、体《からだ》、どうなんだ」

龍斗《りゅうと》が、あたりまえのことのように、切《き》りだしてくれた。

それなんだよ。今《いま》は調子《ちょうし》がいいんだけど、旅行《りょこう》とか環境《かんきょう》がかわると、熱《ねつ》だしたりする可《か》能性《のうせい》は高《たか》い。

「そっか。ごめん。前田《まえだ》さん、月《つき》に一度《いちど》は病院《びょういん》に行《い》くために学校《がっこう》を休《やす》むこと、すっかり忘《わす》れていた」

風見《かざみ》さんが軽《かる》く頭《あたま》をさげる。

「気《き》にしないで。すっかり忘《わす》れられていて、逆《ぎゃく》にうれしいから」

本音《ほんね》だった。

今《いま》みたいになにかたのまれたほうが、私《わたし》って、健康《けんこう》な子《こ》のイメージがあるんだ、だったら、そのうち、病気《びょうき》なんて消《き》えちゃうかもって思《おも》えてくる。

「病気《びょうき》のことはたぶん、大丈夫《だいじょうぶ》。だけど、万一《まんいち》も……あるのかな？」

ああ、こういうのつらいな。はっきりと、私《わたし》にまかせて！　って言《い》いきりたい。

「じゃあさ、班長《はんちょう》は未来《みらい》がやって、体調《たいちょう》が悪《わる》くなったら、そのときは、静香《しずか》がやれよ」

龍斗《りゅうと》にいきなり指名《しめい》された静香《しずか》がおどろき、さわいだ。

「ええ！　はじめに言《い》ったじゃん！　うちは班長《はんちょう》に迷惑《めいわく》かけるタイプで、やるなんてありえない！　推薦《すいせん》なんてされたことも一度《いちど》もない！」

自分《じぶん》でした説明《せつめい》どおり、静香《しずか》はムードメーカーってタイプで、その静香《しずか》を班長《はんちょう》に推薦《すいせん》する龍斗《りゅうと》の発想《はっそう》に、私《わたし》も青山君《あおやまくん》も風見《かざみ》さんも目《め》をまるくする。

けれど、龍斗《りゅうと》が言《い》った。

「静香《しずか》と未来《みらい》は親友《しんゆう》コンビなんだから、未来《みらい》がピンチなら静香《しずか》が助《たす》けるのが自然《しぜん》だろ。それに、未来《みらい》が体調悪《たいちょうわる》くなったら、静香《しずか》にならに意地張《いじは》らず、弱音《よわね》をはきやすいだろうし。ほら、おれの作戦完璧《さくせんかんぺき》」

龍斗《りゅうと》が親指《おやゆび》を立《た》てると、静香《しずか》は素直《すなお》に納得《なっとく》してしまい、自分《じぶん》の胸《むね》をドンとたたいた。

「そうだね、未来《みらい》を支《ささ》えるのはうちの仕事《しごと》。よし、未来《みらい》、班長《はんちょう》やりなよ。なにかあったら、うちがピンチヒッターをするから！」

静香《しずか》の言葉《ことば》もうれしかったけど、龍斗《りゅうと》の作戦《さくせん》がおみごとすぎる！
龍斗《りゅうと》、静香《しずか》の性格《せいかく》をわかって、あやつりだしていない？　ちょっと心配《しんぱい》なんだけど。
「じゃあ、班長《はんちょう》は前田《まえだ》さんに決《き》まりだね」
青山君《あおやまくん》が先生《せんせい》に、報告《ほうこく》に行《い》った。
修学旅行《しゅうがくりょこう》にひかりはいないけど、このメンバーなら、楽《たの》しくなりそう。
ちゃんと班長《はんちょう》をやって、いい思《おも》い出《で》を作《つく》ろう。
ひかりのいない思《おも》い出《で》だけど。

2章《しょう》 君《きみ》からのさいごの言葉《ことば》

「修学旅行楽《しゅうがくりょこうたの》しみだね〜。そうだ、未来《みらい》！　お母《かあ》さんがここぞってときの前日《ぜんじつ》に使《つか》う、すごくいいにおいのするシャンプーがあるんだけど、それ、小《ちい》さい容器《ようき》につめて持《も》っていくからさ、いっしょに使《つか》おうよ。なんとかローズっていうエキスがはいっていて、うちら、風《かぜ》がふくたびにバラの妖精《ようせい》みたいになれるよ」

学校《がっこう》からの帰《かえ》り道《みち》。

静香《しずか》は、うちは修学旅行《しゅうがくりょこう》のために小学生《しょうがくせい》になったんだってぐらいに、すごく興奮《こうふん》していた。

私《わたし》も、うんうん、とうなずく。

「う〜ん？　未来《みらい》。いまいち、テンション低《ひく》いぞ。さては、ひかりとうまくいっていないな？　なんちゃって」

静香《しずか》は冗談《じょうだん》で言《い》ったんだろうけど、ずばりと核心《かくしん》をつかれて、うなだれてしまう。

「え……まさか、本当《ほんとう》に？」

静香《しずか》の表情《ひょうじょう》が急《きゅう》にかわり、私《わたし》は苦笑《にがわら》いをするしかなくなった。ひょっとしたら、苦笑《にがわら》いどころか、泣《な》きだしそうになってるかも。

「な、なに？　なにがあったの？」

静香《しずか》が心配《しんぱい》そうに顔《かお》を近《ちか》づけてきたので、歩《ある》きながらすべてを話《はな》した。

話《はな》し終《お》えると同時《どうじ》に、静香《しずか》が自分《じぶん》のおでこに手《て》を当《あ》てる。

「あちゃ〜。未来《みらい》、ひかりへの手紙《てがみ》に正直《しょうじき》に書《か》きすぎ〜！」

「やっぱり、そうだったかな。でも、あの雰囲気《ふんいき》だと、ひかり、真面目《まじめ》だから、自分《じぶん》に問題《もんだい》があって、うちのお母《かあ》さんの態度《たいど》がへんだったってかんちがいしちゃったかもって」

「うちからすれば、ひかりじゃなくて、未来《みらい》が真面目《まじめ》すぎるよ。ねえ、返事《へんじ》が来《こ》ないなら、電話《でんわ》してみなよ。せっかく、電話番号《でんわばんごう》知《し》っているんだからさ」

「その勇気《ゆうき》がなくて」

「班長《はんちょう》引《ひ》き受《う》ける勇気《ゆうき》はあるんだから、電話《でんわ》ぐらいできるって」

「班長《はんちょう》のほうがぜんぜんらくだよ」

「ひょっとしたら、ひかり、未来《みらい》からの電話《でんわ》を待《ま》ってるかもよ」

ふと、足《あし》が止《と》まる。

「どういうこと？」

「ひかりのほうに、返事《へんじ》が書《か》けない理由《りゆう》があるのかもよ。だったら、未来《みらい》から勇気《ゆうき》ださないと」

そうなの、ひかり？　返事《へんじ》が書《か》けない理由《りゆう》があるの？

心《こころ》に小《ちい》さなあかりが灯《とも》ったとき。

「未来《みらい》！　静香《しずか》！」

うしろから声《こえ》がし、ふりむくと龍斗《りゅうと》が小走《こばし》りでやってきた。

「な、なに、龍斗《りゅうと》、いきなり。うちら、女子同士《じょしどうし》の話《はなし》をしていたんだけど」

「なにって、静香《しずか》、おれの家《いえ》、この方向《ほうこう》だし。それより、おまえがおれに中途半端《ちゅうとはんぱ》に教《おし》えるもんだから、直接《ちょくせつ》、未来《みらい》に聞《き》こうと思《おも》ってさ」

私《わたし》に聞《き》きたいこと？　なんだろう？

「未来《みらい》のお母《かあ》さんのインタビューってなんていう雑誌《ざっし》にのってるんだ？　発売日《はつばいび》も教《おし》えてくれよ」

「静香《しずか》、しゃべったの？」

「い、いや、別《べつ》に、おめでたいことだから、龍斗《りゅうと》に話《はな》してもいいかなって」

もう、静香《しずか》って、龍斗《りゅうと》にはなんでも話《はな》しちゃうんだから。

私《わたし》のお母《かあ》さんはアロマセラピストっていって、アロマオイルを使《つか》って、マッサージをする仕事《しごと》をしている。

最近《さいきん》、すごく忙《いそが》しいみたいで、私《わたし》が冗談半分《じょうだんはんぶん》で「そのうち、インタビューとかきちゃうんじゃない」って言《い》っていたら、本当《ほんとう》にそうなってしまった。

「先週《せんしゅう》、発売《はつばい》になった『リフレッシュ』っていう大人《おとな》の読《よ》む健康雑誌《けんこうざっし》だよ。でも、1ページの下半分《したはんぶん》だけだし、しかも、お母《かあ》さん、美容院《びよういん》に行《い》ってから、取材《しゅざい》を受《う》ける予定《よてい》だったんだけど、忙《いそが》しくてそれができなくて。娘《むすめ》からすると、カメラマンにうちのお母《かあ》さん、もっと美人《びじん》ですって文句《もんく》言《い》いたいぐらい」

私《わたし》がぐちると、その話《はな》しかたがおかしかったみたいで、龍斗《りゅうと》と静香《しずか》が笑《わら》いだした。

「半分《はんぶん》でもすごいって！　うちらの学校《がっこう》でお母《かあ》さんが雑誌《ざっし》にのった人《ひと》いないもん」

「静香《しずか》の言《い》うとおりだ。それに、おれは、未来《みらい》のお母《かあ》さんは、妙《みょう》な気合《きあい》をいれるよりは、素顔《すがお》のほうが、お客《きゃく》がふえると思《おも》うな」

「龍斗《りゅうと》～！　なに～！　いやらしい経営者《けいえいしゃ》みた～い」

「静香《しずか》の言《い》いかたのほうがいやらしいぞ。未来《みらい》、おれ、それ、買《か》うよ。じゃあな」

龍斗《りゅうと》は角《かど》をまがりながら、私《わたし》たちに手《て》をふった。

「買《か》ってくれるって、未来《みらい》のお母《かあ》さんがのってる雑誌《ざっし》。よかったね」

静香《しずか》は笑《わら》いながらも、ランドセルのベルトをぎゅっとにぎりしめ、下《した》をむいた。


家《いえ》に帰《かえ》り、リビングのソファに座《すわ》ると、ランドセルからペンケースを取《と》りだした。

それには、ひかりからもらった名前《なまえ》でひくおみくじがはいっている。

未来《みらい》　想《おも》いが叶《かな》う名前《なまえ》。

五年生《ねんせい》の夏休《なつやす》み、入院《にゅういん》していてひかりと出会《であ》い、病室《びょうしつ》からいっしょに花火《はなび》を見《み》たとき、もらったもの。

あのころの私《わたし》は、病気《びょうき》でとげとげしていて「みらいがないのに未来《みらい》」なんて、かなりひねくれたキャッチフレーズを自分《じぶん》につけていた。

けど、ひかりがこのおみくじをくれたおかげで、自分《じぶん》の名前《なまえ》が好《す》きになれた。

このおみくじはずっと持《も》ち歩《ある》いていて、大切《たいせつ》にしていたんだけど、ぼろぼろになりかけている。

このままずっと持《も》っていたら、ある日《ひ》、すり切《き》れちゃうのかな。

それは、私《わたし》とひかりはもう会《あ》えないって意味《いみ》でもあるのかな。

ぶんぶんと首《くび》をふった。

そんな悲《かな》しくてこわいこと、想像《そうぞう》もしたくない。

ふと、部屋《へや》にある電話《でんわ》に目《め》がいってしまった。

静香《しずか》の言《い》うとおり、ひかりは、私《わたし》からの電話《でんわ》を待《ま》ってくれているのかもしれない。

ひかり、今《いま》、家《いえ》にいるかな。

もう少《すこ》しおそく電話《でんわ》したほうがいいかな。

でも、おそくなればなるほど、ひかりのお母《かあ》さんか、お父《とう》さんがでる確率《かくりつ》が高《たか》くなる。

立《た》ち上《あ》がり、電話《でんわ》の前《まえ》に立《た》つ。

ふうと深呼吸《しんこきゅう》をし、受話器《じゅわき》をにぎった。

電話番号《でんわばんごう》はもう覚《おぼ》えてしまっている。

ボタンをおす指《ゆび》がふるえる。

もし、ひかり以外《いがい》の人《ひと》がでたら、切《き》っちゃえばいい。

トゥルルルル。

どうしよう、かかっちゃった。

どうする、未来《みらい》？　切《き》っちゃう？　ばか、まだ、だれもでていないじゃない。今《いま》、切《き》って、どうするの？

でも、心臓《しんぞう》が口《くち》から飛《と》びだしそうで、なんていうか、気持《きも》ちがもたないよ。

そのとき、おみくじの言葉《ことば》が頭《あたま》に浮《う》かんだ。

想《おも》いが叶《かな》う名前《なまえ》。

そうだ、想《おも》い、叶《かな》うかも。ひかり、お願《ねが》い、でて！

「はい、大木《おおき》です」

ひかりの声《こえ》だ、まちがいない。想《おも》い、叶《かな》っちゃった……。

「あ、あの」

「未来《みらい》……だよな？」

「う、うん。そうだけど、どうしてわかったの？」

「声《こえ》で」

「そ、そっか」

ひかりがでてくれたことで、気持《きも》ちが半分《はんぶん》は落《お》ちついた。

どうして、半分《はんぶん》かっていうと、残《のこ》りは、急《きゅう》になにから話《はな》していいのかわからなくなってきたから。

「手紙《てがみ》ありがとう」

「う、ううん」

そのあと、おたがい妙《みょう》な間《ま》ができた。

私《わたし》もひかりも次《つぎ》の言葉《ことば》がすっとでてこないというふうだ。

本音《ほんね》を言《い》えば、手紙《てがみ》を読《よ》んだなら、どうして返事《へんじ》を書《か》いてくれないの？　って聞《き》きたい。

でも声《こえ》にはならない。

きっと、ひかりも、私《わたし》と同《おな》じで、本音《ほんね》があるのに、言《い》いだせないんじゃないかな。

「ひかり、思《おも》ってること言《い》ってだいじょうぶだよ」

「え？」

「言《い》いたいけど、言《い》えないことあるのかなって」

すると、ひかりがだまりこんだ。

どうしよう、ちょっとストレートすぎちゃった？

この沈黙《ちんもく》が、すごく、こわい。

「じゃあ、言《い》っちゃうけど」

「うん」

ぎゅっと受話器《じゅわき》をにぎりしめる。

「おれも同《おな》じなんだよ」

「え……？」

「未来《みらい》、おばさんに大木《おおき》ひかりは女《おんな》の子《こ》だって言《い》っていたんだろ？　おれも、未来《みらい》から来《く》

る手紙《てがみ》、できるかぎり、自分《じぶん》でポストからとっていたんだけど、母《かあ》さんにとられて、わたされたとき、『未来《みらい》ちゃんってだれ？』って聞《き》かれて、反射的《はんしゃてき》にべつの学校《がっこう》の友《とも》だちで、男《おとこ》って言《い》っちゃったんだ」

自分《じぶん》で自分《じぶん》の口《くち》がまるく開《あ》いたのがわかった。

そ、そんなことってあるの？

おどろきすぎて、なにを言《い》っていいのか、わからないんだけど！

「だからさ、未来《みらい》、おれにあやまることないよ。おれも似《に》たようなことやっていたわけで」

私《わたし》は、しばらくぼうぜんとしたあと、ぷっとふきだしてしまった。

くっくと肩《かた》がゆれ、気《き》がついたらおなかがこわれてしまうんじゃないかってぐらい、笑《わら》っていた。

「なんだよ、なに、笑《わら》ってるんだよ」

「だって、だってさ、私《わたし》、ひかりをおこらせたんじゃないかって、きらわれたんじゃないかって」

笑《わら》いながら、話《はな》したから、ちゃんと言葉《ことば》になっているのかもわからない。

でも、ひかりにはなんとか伝《つた》わったようだ。

「やっぱ、そう思《おも》っていたのか。未来《みらい》、けっこう責任感《せきにんかん》じてる文面《ぶんめん》だったからさ、おれ、逆《ぎゃく》にあせっちゃってさ。自分《じぶん》も似《に》たようなことしているのに、どうしようって。なんだよ、そんなに1人《ひとり》で笑《わら》ってるなよ」

ひかりの声《こえ》に、言葉《ことば》にどんどん笑《わら》いが止《と》まらなくなっていく。

でも、笑《わら》いはだんだんと涙《なみだ》にかわっていき、それをごまかすためにも笑《わら》い続《つづ》けるしかなくなってしまった。

ひかりに、きらわれたんじゃなかった、失恋《しつれん》じゃなかった。

静香《しずか》の言《い》うとおり、自分《じぶん》から電話《でんわ》してよかった。

「それで、ひかり、返事《へんじ》ださなかったんだね。だしづらかったんだね」

「ま、まあ。そんなところかな。でも、未来《みらい》から手紙《てがみ》もらって助《たす》かったよ。未来《みらい》のお母《かあ》さん、顔《かお》がこわばっていたからさ。おれのあいさつがへんだったのかなって。気《き》にしていたんだ」

「そんなことないよ！」

手紙《てがみ》だしてよかった。ひかり、やっぱり、気《き》にしていたんだ。

ところが……。

急《きゅう》にひかりが、また、だまりこんだ。いやな、予感《よかん》がした。

「ひかり、どうしたの？」

「おれ、手紙《てがみ》はもうだせないかも」

その瞬間《しゅんかん》、きらきらかがやいている場所《ばしょ》から、暗闇《くらやみ》に放《ほう》り投《な》げられた気《き》がした。

「どうして？　なんで、だせないの？」

「だって、未来《みらい》のお母《かあ》さんと会《あ》っちゃっただろ？　これから、未来《みらい》のお母《かあ》さんがポストでおれの書《か》いた手紙《てがみ》を発見《はっけん》するたびに、あら、あの子《こ》からねっておれのこと、思《おも》いだすよな？　それは、ちょっと、照《て》れくさすぎるっていうか。きついよ」

それはまぎれもないひかりの本音《ほんね》だった。

私《わたし》から思《おも》っていること言《い》っていいよって口《くち》にしたわけだけど、いざとなると、とてもじゃないけど、冷静《れいせい》に受《う》け止《と》められない。

「ひかり、私《わたし》、しょっちゅう、ポストのぞくから。お母《かあ》さんに手紙《てがみ》、見《み》られないようにするから」

「いや、どんなにがんばっても、まったく見《み》られないようにするのは、むりだよ。ごめん」

ごめんって言葉《ことば》が、耳《みみ》にずんと響《ひび》いた。なに？　なんで、あやまるの？

これじゃ、まるで、もう、会《あ》えないみたいじゃない。

ひかりになにか言《い》わなきゃ、でも、なんて言《い》えばいいのかわからない。

そのとき。玄関《げんかん》のドアが開《ひら》いた音《おと》がした。

「ただいま〜。未来《みらい》、今日《きょう》いっぱい、買《か》い物《もの》しちゃったの。運《はこ》ぶの、手伝《てつだ》って」

え、お母《かあ》さん、帰《かえ》ってきちゃった？　いつも、もっと、おそいのに。どうしよう？

「未来《みらい》、ひょっとしておばさん、帰《かえ》ってきたか？」

「う、うん、あ、あ、」

「まじかよ。じゃ、じゃあな、元気《げんき》でな」

ひかりはあわてて、電話《でんわ》を切《き》ってしまった。

そんな……。

『ごめん』と、『じゃあな、元気《げんき》でな』この二《ふた》つが、ひかりからのさいごの言葉《ことば》とか？

ひかりと電話《でんわ》で話《はな》すまでは、失恋《しつれん》と思《おも》いながらも、どこかで、考《かんが》えすぎだよと自分《じぶん》で自《じ》分《ぶん》につっこみをいれていた。

でも、ちゃんと電話《でんわ》で話《はな》せて、それで、もう手紙《てがみ》は書《か》けない、ごめん、じゃあな、元気《げんき》でなって……これって、もう……！

「未来《みらい》、いないの？　今夜《こんや》はしゃぶしゃぶよ」

夕飯《ゆうはん》なんかいらない。お母《かあ》さん、いつもおそいくせに、ひかりとやっと電話《でんわ》で話《はな》せたのに、こんなときにどうして早《はや》く帰《かえ》ってくるのよ！

そう思《おも》いながらも口《くち》にはできず、私《わたし》は、お母《かあ》さんを手伝《てつだ》いに玄関《げんかん》にむかった。

3章《しょう》　受《う》け止《と》められないさよなら

テーブルのまんなかにあるお鍋《なべ》からはおいしそうな湯気《ゆげ》が立《た》っていて、そのむこうに座《すわ》っているお母《かあ》さんは楽《たの》しそうに笑《わら》っていた。

「今日《きょう》は、ひさしぶりに早《はや》く帰《かえ》れてね。それで、スーパーによったら、ちょうど、いいお肉《にく》がタイムセールしていて。未来《みらい》、まえにレタスのはいったしゃぶしゃぶ作《つく》ったら、おいしいってたくさん食《た》べてたから」

湯気《ゆげ》のむこうのお母《かあ》さんが、私《わたし》にお肉《にく》をよそってくれる。

「雑誌《ざっし》って、効果《こうか》あるのね。ちょっと、のっただけなのに、新《あたら》しいお客《きゃく》さんの予約《よやく》がどんどん、ふえていくの。未来《みらい》は、もっときれいに撮《と》ってもらえばよかったのにって、おこってくれたけど、あれはあれでよかったかもね」

お母《かあ》さんは、ご機嫌《きげん》だった。

忙《いそが》しくて美容院《びよういん》に行《い》かれず、伸《の》びかけの髪《かみ》をごまかすようにむすんでいるけれど、表情《ひょうじょう》がかがやいていた。

私《わたし》だって、お母《かあ》さんが、活躍《かつやく》することは誇《ほこ》らしいし、久々《ひさびさ》に早《はや》く帰《かえ》ってきてくれたことも、うれしい。

でも、なんで、あのタイミングで帰《かえ》ってきちゃうの！

お母《かあ》さんの登場《とうじょう》で、電話《でんわ》、切《き》られちゃったじゃん。

もっと言《い》えば、学習発表会《がくしゅうはっぴょうかい》で、うちのクラスの合唱《がっしょう》の発表《はっぴょう》が終《お》わったあと。

校庭《こうてい》で、私《わたし》とひかりが2人《ふたり》で話《はな》していたとき。

やっとの思《おも》いでひかりに好《す》きですって言《い》いかけたのに、お母《かあ》さんが通《とお》りかかって、言《い》えなくなって。

しかも、ひかりはお母《かあ》さんと、会《あ》ってしまったから、もう、手紙《てがみ》が書《か》けないって。

発表会《はっぴょうかい》だって、今思《いまおも》えば、お母《かあ》さん、忙《いそが》しくて来《こ》られなかったはずなのに、当日《とうじつ》の朝《あさ》になってとつぜん、行《い》けるって言《い》いだして。

忙《いそが》しいなら、ずっと忙《いそが》しいままでいてよ。急《きゅう》に時間《じかん》が空《あ》いたからって、発表会《はっぴょうかい》に来《き》たり、いつもより早《はや》く帰《かえ》ってこられても、私《わたし》とひかりの邪魔《じゃま》をしているように感《かん》じちゃうよ！

「どうしたの、未来《みらい》？　食《た》べないの？　具合悪《ぐあいわる》い？」

「ううん。食《た》べるよ、いただきます」

一生懸命《いっしょうけんめい》食《た》べるけど、ひかりの『ごめん』『じゃあな、元気《げんき》でな』って声《こえ》が、あれがさいごかもってなんども頭《あたま》の中《なか》でくりかえされて、味《あじ》なんかわからないよ。

「未来《みらい》、なんか、へんね。あ、修学旅行《しゅうがくりょこう》の心配《しんぱい》をしてるの？　若林先生《わかばやしせんせい》、わざわざメールくださって、ちゃんと、看護師《かんごし》さんが引率《いんそつ》してくれるんだって。しかも、若林先生《わかばやしせんせい》が気《き》をつかってくれてね、看護師《かんごし》さんは、未来《みらい》のクラスのバスに乗《の》るようにしてくれたんですって。調子《ちょうし》が悪《わる》くなったら、はずかしがらずに、すぐに看護師《かんごし》さんに伝《つた》えるのよ」

お母《かあ》さんはにっこりと笑《わら》う。

すると、心《こころ》の中《なか》で、キキーと、車《くるま》の急《きゅう》ブレーキのようないやな音《おと》がした。

お母《かあ》さんは、忙《いそが》しいのに、月《つき》に一度《いちど》は私《わたし》の病院通《びょういんがよ》いのために仕事《しごと》を休《やす》むし、若林先生《わかばやしせんせい》と私《わたし》の持病《じびょう》のことで、こまめに連絡《れんらく》をとっている。

そのせいか、先生《せんせい》から、忙《いそが》しいのにやさしい、いいお母《かあ》さんだなあってよく言《い》われる。

それが、今《いま》までは、うれしかったんだけど、なんだか、今《いま》、この瞬間《しゅんかん》、ものすごくいやになった。

だって、お母《かあ》さんは、私《わたし》が一番《いちばん》大切《たいせつ》にしていることをぜんぜんわかっていなくて、それどころか、ぶちこわしているじゃん！

でも、それをいかりまかせに口《くち》にしてしまうと、ひかりへの想《おも》いがばれちゃう。

結局《けっきょく》、だまったまま、ご飯《はん》を食《た》べ続《つづ》けるしかなくて。

「ねえ、この間《あいだ》、学習発表会《がくしゅうはっぴょうかい》で会《あ》った、いつもお手紙《てがみ》くれる大木《おおき》ひかり君《くん》って子《こ》のことなんだけど」

お母《かあ》さんのとつぜんの切《き》りだしに顔《かお》をあげた。

気《き》のせいか、お母《かあ》さんはひかり君《くん》の「くん」の声《こえ》を強《つよ》めにしていた。

じつは女《おんな》の子《こ》ではなく男《おとこ》の子《こ》だったんだもんね。

「どこで会《あ》ったの？」

「どこでって……」

なんて答《こた》えていいかわからないでいると、お母《かあ》さんは、おはしを置《お》いて、じっと私《わたし》の返《へん》事《じ》を待《ま》っていた。

お母《かあ》さん、なんで、そんなに緊張《きんちょう》しているの？

こっちにまで伝染《でんせん》してきそう。

どうしよう、なんか、答《こた》えないと。

どこで会《あ》ったって、５年生《ねんせい》のときの入院先《にゅういんさき》だけど、それは大切《たいせつ》な思《おも》い出《で》だから、お母《かあ》さんには話《はな》したくない。

けど、ちゃんと説明《せつめい》しないと、お母《かあ》さんの中《なか》でひかりのイメージが悪《わる》くなってしまう。

すると、お母《かあ》さんのほうから言《い》ってきた。

「以前《いぜん》は、たしか、静香《しずか》ちゃんとサッカーの試合《しあい》を観《み》に行《い》ったら、チアガールをやっていた子《こ》だって」

「あ、そ、そうなの。ただ、チ、チアガールじゃなくて、選手《せんしゅ》だったの。ひかり……君《くん》はファイターズってチームのキャプテンで。それで、対戦相手《たいせんあいて》のコンドルズのキャプテンがうちのクラスの龍斗《りゅうと》で。それで、静香《しずか》といっしょに、なんとなく、４人《にん》で仲《なか》よくなっていって」

そうか、チアガールってついたウソを、正直《しょうじき》に選手《せんしゅ》だって言《い》えばいいだけだったんだ。

でも、なんで、ひかりではなく、ひかり君《くん》と呼《よ》んでしまったんだろう？

どうして、４人《にん》で仲《なか》よくを強調《きょうちょう》したんだろう？

本当《ほんとう》は、４人《にん》で仲《なか》よくではなく、ひかりは、もっと特別《とくべつ》な存在《そんざい》なのに。

「じゃあ、ひかり君《くん》は龍斗君《りゅうとくん》や静香《しずか》ちゃんの友《とも》だちでもあって、みんなで仲《なか》がいいのね」

お母《かあ》さんは、なんだか、ほっとしているようだった。

龍斗君《りゅうとくん》の友《とも》だちなんだ、静香《しずか》ちゃんもその輪《わ》にいるんだ、みんなで仲《なか》よしなのね、それならいいかなって。

逆《ぎゃく》を言《い》えば、私《わたし》とひかりの間《あいだ》に、２人《ふたり》だけのだれもはいってこられないような強《つよ》いきずながあったら、困《こま》るのかも。

こっちとしては、２人《ふたり》だけのだれもはいってこられないような強《つよ》いきずながなくて、ただの友《とも》だちで悪《わる》かったわねって、心《こころ》の中《なか》で毒《どく》づいてしまう。

お母《かあ》さんは自分《じぶん》の取《と》り皿《ざら》にしゃぶしゃぶを取《と》りながら、さらにもう一《ひと》つ聞《き》いてきた。

「ねえ、未来《みらい》はひかり君《くん》のお父《とう》さんの名前《なまえ》って聞《き》いたことある？」

意外《いがい》すぎる質問《しつもん》だった。

聞《き》いてきたお母《かあ》さんも、自分《じぶん》がした質問《しつもん》にとまどっているようだった。

「妹《いもうと》の名前《なまえ》なら、聞《き》いたことあるけど、お父《とう》さんは知《し》らない」

「そ、そうよね。そんなこと、ふつう、知《し》っているわけないわよね」

お母《かあ》さんは、ごまかすように笑《わら》っていた。

どうして、ひかりのお父《とう》さんの名前《なまえ》なんて、聞《き》いてきたんだろう。

そういえば、なんで、今日《きょう》になって、いきなり、ひかりのことを聞《き》いてきたの？

ひかりとお母《かあ》さんがはちあわせした発表会《はっぴょうかい》の日《ひ》から、もう十日《とおか》は経《た》っている。

もっと早《はや》く聞《き》いてきたほうが、自然《しぜん》だ。

ふと、目《め》の前《まえ》のしゃぶしゃぶのはいったお鍋《なべ》が不自然《ふしぜん》に思《おも》えてきた。

まるで、お母《かあ》さんは、自分《じぶん》に時間《じかん》があって、私《わたし》の好《す》きなものがちゃんと用意《ようい》できたときに聞《き》こうと、作戦《さくせん》を立《た》てていたように思《おも》えてくるんだけど。

「ごちそうさま」

反射的《はんしゃてき》に、席《せき》を立《た》ち、自分《じぶん》のお皿《さら》を流《なが》しに置《お》いてしまった。

「もう？　食《た》べる量《りょう》、少《すく》ないんじゃない？」

背中《せなか》から、お母《かあ》さんの心配《しんぱい》そうな声《こえ》が聞《き》こえてくる。

「さっき、おやつ食《た》べちゃったし。それに、私《わたし》、班長《はんちょう》なの。日光《にっこう》のこと、勉強《べんきょう》しないと」

ガイドさんじゃないんだから、班長《はんちょう》だからって特《とく》に勉強《べんきょう》することなんてなにもない。

めちゃくちゃな言《い》い訳《わけ》をしながら、逃《に》げるように階段《かいだん》をかけあがった。

これじゃ、ひかりに失恋《しつれん》しそうなことを、お母《かあ》さんのせいにしてるだけじゃない。

部屋《へや》にはいり、ドアをバタンとしめたとき、はっとした。

失恋《しつれん》しそうじゃなくて、もう、失恋《しつれん》したんじゃない……？

ひかりの『じゃあな、元気《げんき》でな』って声《こえ》がもう一度《いちど》聞《き》こえた。

4章《しょう》　たとえ、君《きみ》がいなくても

翌日《よくじつ》は、スイミングスクールの日《ひ》だったので、家《いえ》に帰《かえ》ると、したくをして、すぐにむかった。

ひかりに失恋《しつれん》してしまったのかもしれない、もう二度《にど》と会《あ》えないのかもしれない、そんなことばかり考《かんが》えているのは、とてもじゃないけどたえられない。

更衣室《こういしつ》で水着《みずぎ》に着《き》がえると、みんなといっしょに準備体操《じゅんびたいそう》、ビート板《ばん》のキックと、カリキュラムをこなしていく。

私《わたし》の所属《しょぞく》する中級《ちゅうきゅう》クラスは、年下《としした》の子《こ》が多《おお》く、通《かよ》いだしたころは、いごこちが悪《わる》くて、すぐに、上級《じょうきゅう》への進級《しんきゅう》テストを受《う》けたりしたんだけど、不合格《ふごうかく》だった。

でも、そのとき、ひかりは骨折《こっせつ》が完治《かんち》していなかったのに、応援《おうえん》に来《き》てくれて。

あわてて上級《じょうきゅう》にいくより、今《いま》、基礎《きそ》をやっておいたほうがいいってはげましてくれたっけ。

そういえば、水泳《すいえい》をはじめたのも、スポーツをやっているひかりに少《すこ》しでも近《ちか》づきたかったからで。

「未来《みらい》ちゃん、キックにいきおいがないよ。基礎練習《きそれんしゅう》でも集中第一《しゅうちゅうだいいち》！」

プールサイドを歩《ある》いている安奈先生《あんなせんせい》から、大《おお》きな声《こえ》で注意《ちゅうい》されてしまった。

もう、ひかりのことを頭《あたま》から消《け》そうと、はりきってここに来《き》たのに、なにやってるのよ。

自分《じぶん》で自分《じぶん》をしかった。


練習《れんしゅう》が終《お》わり、受付《うけつけ》で会員《かいいん》カードを受《う》けとると、5年生《ねんせい》の女《おんな》の子《こ》に話《はな》しかけられた。

「ねえ、未来《みらい》ちゃんって、6年生《ねんせい》でしょ。じゃあ、来週《らいしゅう》、修学旅行《しゅうがくりょこう》？　日光《にっこう》？」

「うん。月曜《げつよう》から日光《にっこう》だけど」

「やっぱり！　うちのいとこも修学旅行《しゅうがくりょこう》で、今度《こんど》、日光《にっこう》なんだって。いいなあ、来週《らいしゅう》、日《にっ》光《こう》の話《はなし》聞《き》かせてね。バイバイ」

ぬれた髪《かみ》の毛《け》をタオルでふきながら、スイミングスクールをでて行《い》く。

へえ、修学旅行《しゅうがくりょこう》って、日光《にっこう》が多《おお》いんだ。しかも、行《い》く時期《じき》もどの学校《がっこう》も同《おな》じなんだね。

「未来《みらい》ちゃん、読《よ》んじゃった」

ふりむくと、ジャージ姿《すがた》の安奈先生《あんなせんせい》が立《た》っていた。

先生《せんせい》がにこにこしながら、ロビーにあるマガジンラックを指《ゆび》さした。

「月刊《げっかん》リフレッシュ。ロビーで毎月取《まいつきと》ってるんだよ。これ、未来《みらい》ちゃんのお母《かあ》さんだねって、スタッフ、みんなでまわし読《よ》みしちゃった」

「ええ、あんなところにあったんですか？」

おどろいて先生《せんせい》の指《ゆび》さすほうを見《み》る。

お母《かあ》さんの活躍《かつやく》を安奈先生《あんなせんせい》が知《し》っていたことはうれしい。

でも、昨夜《さくや》のけんかのことも思《おも》いだしてしまうと、せんをぬいたお風呂《ふろ》の底《そこ》みたいに心《こころ》が渦《うず》を巻《ま》きだす。

「未来《みらい》ちゃん、どうしたの？」

「あの、聞《き》いてほしいことがあるんですけど」

安奈先生《あんなせんせい》がまじまじと私《わたし》を見《み》つめた。

ロビーのすみのベンチに私《わたし》と安奈先生《あんなせんせい》はならんで座《すわ》る。

先生《せんせい》は、私《わたし》に、缶《かん》のカフェオレを買《か》ってくれた。

一口《ひとくち》飲《の》むと、意外《いがい》と苦《にが》い。

「そういえば、今日《きょう》の練習《れんしゅう》ちょっと集中力《しゅうちゅうりょく》なかったね。なんかあったの？」

「お母《かあ》さんとけんかしました」

安奈先生《あんなせんせい》がストレートに聞《き》いてくるから、私《わたし》も同《おな》じリズムでかえしてしまった。

先生《せんせい》は、一瞬《いっしゅん》、おどろいていたけれど「そっか、けんかかあ。まあ、どこの家《いえ》でもやるよね」と、笑《わら》ってくれた。

先生《せんせい》の笑顔《えがお》に気持《きも》ちがほぐれ、口《くち》から自然《しぜん》に言葉《ことば》がこぼれていく。

「あの、私《わたし》、手紙《てがみ》のやりとりをしている子《こ》がいて……」

ひかりとの文通《ぶんつう》のこと、女《おんな》の子《こ》だとお母《かあ》さんにウソをつき、ばれたこと、ゆっくりだけど、ぜんぶ話《はな》してしまった。

話《はな》している間《あいだ》、すごく緊張《きんちょう》した。

だれかに話《はな》せばらくになるかと思《おも》ったけれど、自分《じぶん》の置《お》かれている状況《じょうきょう》がどんどんわからなくなってくるだけで、ひょっとしたら、こうやって先生《せんせい》に話《はな》すこと自体《じたい》、まちがっていたのかもと、息《いき》がくるしくなってくる。

なんとか話《はな》し終《お》えたけど、先生《せんせい》の顔《かお》を見《み》るのがこわい……。

ところが、先生《せんせい》はこちらがまったく想像《そうぞう》していない反応《はんのう》をしてくれた。

「うわ〜、なにそれ〜。ロマンティックだし、ほほえましくて、泣《な》けてもくる〜」

安奈先生《あんなせんせい》は興奮《こうふん》しながら、足《あし》をバタバタさせていた。

ロマンティック？ ほほえましい？ 先生《せんせい》の言葉《ことば》の意味《いみ》がまったくわからない。

「だってさ、6年生《ねんせい》の女《おんな》の子《こ》が、男《おとこ》の子《こ》と文通《ぶんつう》していて、はずかしくてお母《かあ》さんにこの子《こ》は女《おんな》の子《こ》だからって、言《い》っちゃって、お母《かあ》さんにそれがばれて、けんかって。こんな、いい話《はなし》、久々《ひさびさ》に聞《き》いたよ。やだ、ごめん、興奮《こうふん》して泣《な》けてきちゃった」

先生《せんせい》は笑《わら》いながら、本当《ほんとう》に目《め》のはしをぬぐっていた。

けれど、こっちはあぜんとするしかない。

「いい話《はなし》って？ どこがですか？」

「そりゃ、未来《みらい》ちゃん本人《ほんにん》からすれば大変《たいへん》なことかもしれないけれど、まず、手紙《てがみ》っていうのがいいよ。やだ〜、なんて健気《けなげ》でかわいらしいんだろう」

先生《せんせい》は自分《じぶん》のほほを両手《りょうて》でおさえ軽《かる》くゆらした。

まるで、夢見《ゆめみ》る女《おんな》の子《こ》のような表情《ひょうじょう》で、こんな先生《せんせい》は見《み》たことがなくて、びっくり！

「だ、だって、私《わたし》も、ひかりもスマホとか持《も》ってないから」

「それがいいんだよ。文明《ぶんめい》にたよらないといけない恋《こい》なんてたいしたことないって。しかも、相手《あいて》の男《おとこ》の子《こ》も自分《じぶん》のお母《かあ》さんに同《おな》じようなことを言《い》っていたなんて。いやあ、未来《みらい》ちゃんのお母《かあ》さんも、校庭《こうてい》でひかり君《くん》と未来《みらい》ちゃんを目《め》の前《まえ》にして大変《たいへん》だっただろうな」

先生《せんせい》は、女子高生《じょしこうせい》みたいにはしゃいでいて、それを見《み》ていると、私《わたし》のなやみって、じつは、楽《たの》しいことだったのかなと錯覚《さっかく》すらしてしまう。

「お母《かあ》さん、大変《たいへん》だったんでしょうか？」

「そうだよ！　未来《みらい》ちゃんがウソついていたことを責《せ》めたくはないし、でも、目《め》の前《まえ》のひかり君《くん》は男《おとこ》の子《こ》で、おどろいちゃって、もう、大《だい》パニックだったと思《おも》うよ」

「たしかに、お母《かあ》さん、いつもとちがっていました。ひかりにも不愛想《ぶあいそう》で。それは、私《わたし》のウソにおこって、ひかりを悪《わる》く思《おも》っているのかなって」

すると先生《せんせい》は「ちがうちがう」と手《て》のひらをひらひらさせた。

「あのね、大人《おとな》って子供《こども》にけっこう気《き》をつかっているんだよ。子供《こども》には子供《こども》の世界《せかい》があって、そこは荒《あ》らしてはいけないって考《かんが》えているの」

安奈先生《あんなせんせい》の言葉《ことば》は、私《わたし》たち子供《こども》には想像《そうぞう》すらできない内容《ないよう》だった。

「大人《おとな》って、私《わたし》たちに気《き》をつかってくれているんですか？」

「そうだよ。だから、未来《みらい》ちゃんのお母《かあ》さんはね、未来《みらい》ちゃんのウソが自分《じぶん》にばれたってことで、未来《みらい》ちゃんとひかり君《くん》の文通《ぶんつう》が止《と》まったりしたら、いやだなって思《おも》ってるよ。これは、絶対《ぜったい》！」

先生《せんせい》は強《つよ》く言《い》いきってくれた。

「でも、お母《かあ》さん、手紙《てがみ》のやりとりを応援《おうえん》してるようには見《み》えないです。ずいぶん、時間《じかん》が経《た》ってから、ちょこちょこ聞《き》きだしてきて。こっちからすると、やっぱり、ウソをついていたことをおこっているのかなって」

「私《わたし》はお母《かあ》さんのちょこちょこ聞《き》きだす気持《きも》ちわかるよ。自分《じぶん》の子供《こども》の世界《せかい》を荒《あ》らしてはいけない、でも、親《おや》としては気《き》になる、ここはやっぱり、あわてないで時間《じかん》のあるときになにげなく聞《き》いてみよう！　ってなるよ」

「そういうものなんですか？」

「そういうものだよ」

先生《せんせい》がうでを組《く》んで、うんうんとうなずいていた。

「でも、私《わたし》のウソにおこっていないなら、ひかりと会《あ》ったときに、もっとにこやかに接《せっ》してくれてもよかったのに。ひかりが男《おとこ》の子《こ》だったからおどろいたんだろうけど、顔《かお》が青《あお》かったんですよ。ちょっと、おどろきすぎじゃないですか？」

「青《あお》かった？　う〜ん、なんだろね。私《わたし》が、３人《にん》がはちあわせになったときに、校庭《こうてい》の木《き》の陰《かげ》からのぞいていればわかったかもね」

先生《せんせい》は、いたずらっぽく、木《き》の陰《かげ》からのぞくしぐさをする。

「先生《せんせい》、それじゃ、怪《あや》しい人《ひと》みたい」

思《おも》わず苦笑《くしょう》しながら、あのときのことを思《おも》いだしてしまった。

ひかりがあわててお母《かあ》さんにおじぎをして、スポーツバッグからいろんなものが落《お》ちたっけ。その中《なか》にボールペンもあって……！

頭《あたま》の中《なか》でパン！　と音《おと》がした。どうして、今《いま》まで気《き》がつかなかったんだろう。

「先生《せんせい》、ひょっとしたら、お父《とう》さんのことかもしれない」

「お、お父《とう》さん？」

先生《せんせい》の表情《ひょうじょう》がかわった。

「そうです。私《わたし》のお父《とう》さん、私《わたし》がうんと小《ちい》さいときにバス事故《じこ》で死《し》んじゃって。それで、ひかりがお母《かあ》さんと会《あ》ったときに、バスの飾《かざ》りがついていたボールペンを落《お》としたんです。ひかりのお父《とう》さんが以前《いぜん》、つとめていた会社《かいしゃ》のボールペンらしいんですけど。今《いま》、思《おも》いかえすと、お母《かあ》さん、そのボールペンを拾《ひろ》ったあたりから、ぎこちなくなったような」

すると、安奈先生《あんなせんせい》がため息《いき》をついた。

「そっか。お母《かあ》さん、なくなったご主人《しゅじん》のことを思《おも》いだしちゃったんだね。それで、動揺《どうよう》して、ひかり君《くん》の前《まえ》でもぎくしゃくしちゃったんじゃない？」

私《わたし》は、しっかりとうなずいた。

「お母《かあ》さんの誕生日《たんじょうび》って、お父《とう》さんの命日《めいにち》なんです。お父《とう》さん、出張《しゅっちょう》のあと、お母《かあ》さんにケーキ買《か》って、少《すこ》しでも早《はや》く帰《かえ》ろうと、深夜《しんや》バスに乗《の》ったら、そのまま……。ケーキは、箱《はこ》ごとぺしゃんこになってていたって」

ひかりにも静香《しずか》にもしたことのない話《はなし》だったけど、いきおいづいて安奈先生《あんなせんせい》には言《い》えてしまった。

子供同士《こどもどうし》ではできない話《はなし》も、大人《おとな》には言《い》えてしまうってことあるんだな。

先生《せんせい》は、数秒間《すうびょうかん》、絶句《ぜっく》してから口《くち》を開《ひら》いた。

「それを思《おも》いだしちゃったら、いくら、未来《みらい》ちゃんにとって大切《たいせつ》な子《こ》が目《め》の前《まえ》にいても、お母《かあ》さん、動揺《どうよう》するよ」

先生《せんせい》の言《い》うとおりだ。

私《わたし》、ひかりのことばかり考《かんが》えていて、お母《かあ》さんのことをぜんぜん、わかろうとしていなかった。

「先生《せんせい》、来週《らいしゅう》から、修学旅行《しゅうがくりょこう》で日光《にっこう》に行《い》くんですけど、お母《かあ》さんにあやまってから行《い》ったほうがいいですよね」

「うん。絶対《ぜったい》にそうしたほうがいい。そのほうが旅行《りょこう》も楽《たの》しめるよ」

「はい」

と、笑《わら》ってはみたものの、ひかりに電話《でんわ》のさいごで言《い》われた「じゃあな、元気《げんき》でな」を思《おも》いだして、私《わたし》の場合《ばあい》は、修学旅行《しゅうがくりょこう》ではなく、傷心旅行《しょうしんりょこう》かもしれないと、心《こころ》の中《なか》は複雑《ふくざつ》だ。

すると、先生《せんせい》が私《わたし》の顔《かお》をのぞきこんできた。

「ねえ、未来《みらい》ちゃん。未来《みらい》ちゃんは、すごくかがやいた人生《じんせい》を送《おく》っているね。ひょっとしたら、同《おな》い年《どし》の子《こ》の中《なか》で、一番《いちばん》きらきらした時間《じかん》をすごしているかもよ」

「え、私《わたし》が？」

「そうだよ。ひかり君《くん》のことは、彼《かれ》には彼《かれ》の気持《きも》ちや事情《じじょう》があるだろうから、安易《あんい》なことは言《い》えないけれど、手紙《てがみ》や電話《でんわ》でやりとりできる男《おとこ》の子《こ》がいて、ちょっとした誤解《ごかい》でお母《かあ》さんとけんかしてなやみながら、スイミングスクールもがんばって通《かよ》って、こんなすてきな6年生《ねんせい》をやっている女《おんな》の子《こ》はそうそういないよ。そこは自信《じしん》を持《も》ってね」

先生《せんせい》がにっこり笑《わら》う。

自分《じぶん》のことをそんなふうに語《かた》ってくれた人《ひと》は今《いま》までいなくて、おどろいた。

そうか、私《わたし》はきらきらした時間《じかん》をすごしているんだ、すてきな6年生《ねんせい》なんだ。

これは、大《おお》きな発見《はっけん》だった。

「先生《せんせい》、私《わたし》、自信持《じしんも》ちます！」

はっきりと声《こえ》にして、あいさつをして、スイミングスクールをでた。

バスを待《ま》っていると、日《ひ》はすっかり暮《く》れて星《ほし》が見《み》えそうだった。

ひかりが進級《しんきゅう》テストに応援《おうえん》に来《き》てくれた帰《かえ》り、２人《ふたり》でこのベンチに座《すわ》ったっけ。

急《きゅう》に、ひかりに失恋《しつれん》したことを素直《すなお》に認《みと》められそうになってきた。

今《いま》までは心《こころ》のどこかで、ひかりを失《うしな》ったら自分《じぶん》にはなにもないって、思《おも》っていた。

でも、さっき、安奈先生《あんなせんせい》は、私《わたし》はきらきらした時間《じかん》をすごしているって言《い》ってくれた。

ひかりがいたからきらきらしているんだろうけど、いなくても、案外《あんがい》、だいじょうぶかもしれない。

ひかりに失恋《しつれん》をしたことを受《う》けいれられないから、お母《かあ》さんに八《や》つ当《あ》たりをするぐらいなら、もう、いっそ、認《みと》めてしまったほうが、らくなのかもしれない。

5章《しょう》　失敗《しっぱい》した初恋《はつこい》

お菓子《かし》、ハンドタオル、洗面用具《せんめんようぐ》、レインコート、着《き》がえ、筆記用具《ひっきようぐ》、お財布《さいふ》。

しおりにのっている、持《も》ち物《もの》チェック表《ひょう》に一《ひと》つずつ点《てん》をつけていく。

それと、病状《びょうじょう》が悪化《あっか》したときの痛《いた》み止《ど》め、解熱剤《げねつざい》もポーチにいれてあるし。

準備万全《じゅんびばんぜん》、忘《わす》れ物《もの》なし。

リュックを背負《せお》い、自分《じぶん》の部屋《へや》をでて、玄関《げんかん》でくつひもをむすぶ。

すると、お母《かあ》さんがやってきた。

「気《き》をつけてね。熱《ねつ》がでたり、どこか痛《いた》くなったらすぐに……」

私《わたし》は、すくりと立《た》ち上《あ》がり、お母《かあ》さんの言葉《ことば》をさえぎる。

「先生《せんせい》か、看護師《かんごし》さんに伝《つた》えること！　もう、なんども聞《き》いて聞《き》きあきた」

お母《かあ》さんと目《め》があい、おたがい、くすっと笑《わら》う。

「やだ、お母《かあ》さん、そんなになんども言《い》ってた？」

「言《い》ってた、言《い》ってた、言《い》ってました～」

私《わたし》は、ちょっとおおげさにちゃかしたあと、ななめ下《した》に視線《しせん》をそらし、小《ちい》さな声《こえ》をだした。

「あのさ、お母《かあ》さん、このまえは、しゃぶしゃぶ、残《のこ》しちゃってごめんね」

「え？」

「私《わたし》がひかりは女《おんな》の子《こ》だってウソついていたことをおこって、お母《かあ》さんはひかりのことを悪《わる》く思《おも》っているのかなって。でも、あれだよね、あのとき、お母《かあ》さん、ひかりが落《お》としたボールペンを拾《ひろ》って。それにバスの飾《かざ》りがついていたから、お父《とう》さんのこと思《おも》いだして、へんな顔《かお》をしていたんだよね」

視線《しせん》をそらしたまま、冗談《じょうだん》の延長《えんちょう》のようにいっきにしゃべり終《お》え、顔《かお》をあげた。

私《わたし》は、そのとき、勝手《かって》に頭《あたま》の中《なか》で決《き》めていた。

きっと、お母《かあ》さんは、「ばれちゃった」と、すっきりとした笑顔《えがお》を見《み》せてくれるって。

ところが、想像通《そうぞうどお》りにはいかなかった。

お母《かあ》さんは、笑《わら》っていた。笑《わら》ってはいたんだけど、どこかむりをしていた。

「そ、そうなのよ。お母《かあ》さん、大人《おとな》なのに、ちょっとセンチメンタルになっちゃった」

お母《かあ》さんは、私《わたし》がウソをついたことはおこってはいない。

ひかりのことを悪《わる》くも思《おも》ってなさそうだ。

だけど、お母《かあ》さんはなにかをかくしている……。

娘《むすめ》の私《わたし》には、それがわかってしまった。

「あ、日光《にっこう》から帰《かえ》ったら、また、レタスいりのしゃぶしゃぶ食《た》べたいな」

「了解《りょうかい》。いってらっしゃい」

家《いえ》をでると、いつもより、1時間《じかん》早《はや》いせいか、町全体《まちぜんたい》が静《しず》かで、空《そら》は、これからいっきに晴《は》れてもどしゃぶりになってもおかしくない、どっちつかずのくもり空《ぞら》だった。

学校《がっこう》につき、出発《しゅっぱつ》まえの朝礼《ちょうれい》が終《お》わると、クラスごとにバスに乗《の》りこんだ。

うちの班《はん》は右側《みぎがわ》の後部《こうぶ》に座《すわ》ることになっているんだけど、全員《ぜんいん》で5人《にん》だから、どうしても、だれかが、1人《ひとり》で座《すわ》ることになってしまう。

「私《わたし》は班長《はんちょう》だから、1人《ひとり》で座《すわ》るね。静香《しずか》は風見《かざみ》さんと、龍斗《りゅうと》は青山君《あおやまくん》とでいいんじゃない？」

と、リュックを一番《いちばん》うしろの座席《ざせき》におろそうとしたんだけど、龍斗《りゅうと》があくびをしながら、そこに座《すわ》ってしまった。

「おれ、寝不足《ねぶそく》で寝《ね》たいからここにする。あとは静香《しずか》と未来《みらい》、風見《かざみ》と青山《あおやま》でいいんじゃない？」

風見《かざみ》さんは「うん」とうなずいて、青山君《あおやまくん》と仲《なか》よく座《すわ》り、自然《しぜん》にそのうしろが私《わたし》と静香《しずか》になってしまった。

うしろの龍斗《りゅうと》をのぞくと、1人《ひとり》悠々《ゆうゆう》と座《すわ》っているから、もう、これでいいかな？

「未来《みらい》、日光《にっこう》につくまで、うちとおしゃべりしよう！　見《み》て、お菓子《かし》、いっぱい持《も》ってきたんだから」

静香《しずか》が、リュックから、お店《みせ》でもやるかのようにひろげだした。

「静香《しずか》、飲《の》み物《もの》はいいけど、お菓子《かし》は決《き》められた時間以外《じかんいがい》は口《くち》にしちゃだめだよ。龍斗《りゅうと》も、風見《かざみ》さんもね。あと、エチケット袋《ぶくろ》はだしておいたほうがいい。いろは坂《ざか》につくまでも、カーブきついところがあるから。あと、レク係《がかり》がクイズをやるけど、わからなくても、積極的《せっきょくてき》に答《こた》えてあげて。そのほうが盛《も》りあがるし、あとは、」

「おいおい、未来《みらい》、おれたち幼稚園児《ようちえんじ》じゃないんだからさ」

ほかにも班長《はんちょう》として注意《ちゅうい》しておきたかったことがあったんだけど、龍斗《りゅうと》に笑《わら》われてしまった。

静香《しずか》や青山君《あおやまくん》、風見《かざみ》さんもきょとんとした目《め》つきで私《わたし》を見《み》ている。

え……私《わたし》、なにかおかしかった？

「前田《まえだ》さん。もうみんな6年生《ねんせい》だし。班長《はんちょう》といっても、のびのびしていて平気《へいき》だよ」

青山君《あおやまくん》が笑《わら》いをこらえている。

「あ、あの、ひょっとして、私《わたし》、今《いま》、近所《きんじょ》のやかましいおばさんみたいになってた？」

「うん、町内《ちょうない》のお祭《まつ》りのときに、やたら、子供《こども》に指導《しどう》するおばさんいるじゃん、あの人《ひと》みたいだった」

静香《しずか》の言葉《ことば》に、みんなが笑《わら》うと、はずかしくて顔《かお》が熱《あつ》くなった。

やだ、私《わたし》って、お母《かあ》さんに似《に》ているのかな。

ううん、それだけじゃない。たぶん、ひかりのことを忘《わす》れよう、失恋《しつれん》を認《みと》めようって空《から》まわりしてしまったんだ。

「ようし、出発《しゅっぱつ》するから、ちゃんと座《すわ》って、運転手《うんてんしゅ》さんにあいさつしろ」

若林先生《わかばやしせんせい》が運転席《うんてんせき》のとなりに立《た》って大《おお》きな声《こえ》をだした。

クラス全員《ぜんいん》で「よろしくお願《ねが》いします」と声《こえ》をそろえると、運転手《うんてんしゅ》さんは座《すわ》ったまま、会釈《えしゃく》をしてくれた。

「それと、うちのクラスには看護師《かんごし》さんも同乗《どうじょう》する」

一番前《いちばんまえ》に座《すわ》っていた看護師《かんごし》さんが立《た》ち上《あ》がり、若林先生《わかばやしせんせい》のとなりにならんだ。

巻《ま》いた髪《かみ》を二《ふた》つにむすんで分《わ》けてキャップをかぶっている。小柄《こがら》でかわいい。

「宇良《うら》うららっていいます。ふざけた名前《なまえ》だけど本名《ほんみょう》です。こちらこそよろしくお願《ねが》いしま〜す」

声《こえ》もアニメのヒロインみたい。

「若林先生《わかばやしせんせい》、ひょっとして、看護師《かんごし》さんと、ずっととなり同士《どうし》ですか〜」

「よかったね、先生《せんせい》！　彼女《かのじょ》、いないんでしょ？」

みんなが冷《ひ》やかすと、先生《せんせい》は真《ま》っ赤《か》な顔《かお》で「バカヤロー！　失礼《しつれい》なことを言《い》うな！」と

どなったかと思《おも》うと、そのあとで、看護師《かんごし》さんに「すみません、6年生《ねんせい》といってもまだまだ子供《こども》で」とぺこぺこ頭《あたま》をさげる。

その姿《すがた》がおかしくて、さらにみんなの笑《わら》いをさそう。

ほがらかな雰囲気《ふんいき》のなか、バスは動《うご》きだした。

「よし、それではさっそく、運転手《うんてんしゅ》さんと看護師《かんごし》のうららさんに、学習発表会《がくしゅうはっぴょうかい》で練習《れんしゅう》した合唱《がっしょう》、『君《きみ》との約束《やくそく》』を聞《き》いてもらおう！　伴奏《ばんそう》を流《なが》すぞ」

発表会《はっぴょうかい》のときに指揮《しき》を担当《たんとう》した青山君《あおやまくん》が、うでをあげ、歌《うた》いだしだけ、合図《あいず》してくれた。

みんなで、バスにゆられながら、歌《うた》いだす。

私《わたし》は、この歌《うた》が大好《だいす》きだった。

それは、ひかりと自分《じぶん》の出会《であ》いに、そのときにした約束《やくそく》に、似《に》ているから。

だから、ひかりに、学習発表会《がくしゅうはっぴょうかい》に聞《き》きに来《き》てって自分《じぶん》から言《い》った。

そして、ひかりは本当《ほんとう》に来《き》てくれて、歌《うた》い終《お》わったあと、校庭《こうてい》で2人《ふたり》きりにもなれて、好《す》きですって言葉《ことば》を伝《つた》えようとしたんだけど、そこまではいかなくて。

もしかしたら、あれがひかりに会《あ》えたさいごだったのかもしれない。

それは、とてもこわくて悲《かな》しいことだけれど、受《う》け止《と》めないといけない。

でも、できるのかな……。

歌《うた》い終《お》わると、うららさんがマイクで「合唱《がっしょう》っていいね！　歌詞《かし》もよくて、なんか、泣《な》きそうです〜！」と喜《よろこ》んでくれた。

初《はじ》めて会《あ》ったかわいらしい女性《じょせい》にほめられ、みんなのテンションがさらにあがった。

バスが高速道路《こうそくどうろ》を飛《と》びだしちゃうかぐらいのいきおいで、はしゃいでいる。

けど、私《わたし》にとっては、みんなの盛《も》りあがりが、ファミレスで流《なが》れているＢＧＭ《ビージーエム》のようにしか感《かん》じられない。

「未来《みらい》、どうした？　酔《よ》った？」

窓《まど》のカーテンをいじっていると静香《しずか》が声《こえ》をかけてくれた。

「ごめん、ごめん、班長《はんちょう》なのに、ぼーっとしていたかな？」

「班長《はんちょう》なのにって、未来《みらい》、なんかさ、さっきから、無理《むり》に班長《はんちょう》やっていない？」

心《こころ》にこつんと小石《こいし》を当《あ》てられたような気《き》がした。

だめだ、静香《しずか》には言《い》うしかない。1人《ひとり》ではとてもたえられそうにない。

「白状《はくじょう》しちゃうね」

「え？」

私《わたし》は、静香《しずか》の手《て》を取《と》り、そこに指《ゆび》で「し・つ・れ・ん・か・な」と書《か》いた。

「えええ！」

静香《しずか》がすごく大《おお》きな声《こえ》をだしたけど、まわりがさわいでいるから、そんなに目立《めだ》たなかった。

そのあと、ひかりから、手紙《てがみ》はもうだせないと言《い》われた話《はなし》をし、静香《しずか》はうんうんと聞《き》いてくれた。

「未来《みらい》、それで、ひかりを忘《わす》れようと一生懸命《いっしょうけんめい》班長《はんちょう》をやって、おばさんみたいになっちゃったの？」

「もう、それは、忘《わす》れてよ。しょっぱなから失敗《しっぱい》しちゃったよ」

そうだ、失敗《しっぱい》だったんだ。

私《わたし》の初恋《はつこい》は失敗《しっぱい》でした、もう、それで、いい。失敗《しっぱい》は決《けっ》してはずかしいことじゃないし、失敗《しっぱい》したってことは、次《つぎ》はうまくいくかもしれないし。

けど、次《つぎ》ってなんだろう？

ひかり以外《いがい》の人《ひと》を好《す》きになるなんて想像《そうぞう》もできないし、ひかりがいない人生《じんせい》に、「けど」とか「次《つぎ》」とか、ないんじゃない？

6章《しょう》　君《きみ》と出会《であ》わなければ　〜東照宮《とうしょうぐう》にて〜

「うひゃあ、広《ひろ》い！　長《なが》い！　高《たか》い！」

バスからおり、参道《さんどう》を目《め》の前《まえ》にすると、静香《しずか》が、声《こえ》をあげた。

日光《にっこう》につき、一番初《いちばんはじ》めの観光地《かんこうち》は東照宮《とうしょうぐう》、徳川家康《とくがわいえやす》がまつられている神社《じんじゃ》。

砂利《じゃり》で敷《し》きつめられた参道《さんどう》は幅《はば》だけでも、私《わたし》の家《いえ》がすっぽりはいりそうな広《ひろ》さだ。

しかも、鳥居《とりい》までが長《なが》い。

そして、参道《さんどう》の両側《りょうがわ》には校舎《こうしゃ》と同《おな》じぐらいの高《たか》さの杉《すぎ》がたくさん生《は》えていて、山《やま》を切《き》りくずしてつくったことが見《み》てわかる。

「たいしたことねえな。伊勢神宮《いせじんぐう》のほうがずっとすごいよ」

そんな声《こえ》もあるけれど、私《わたし》は、伊勢神宮《いせじんぐう》なんて行《い》ったこともないし、最近行《さいきんい》った、縁《えん》むすびの神社《じんじゃ》もこんなに立派《りっぱ》ではなかったし、静香《しずか》といっしょに「すごいね」を連発《れんぱつ》するだけだ。

足《あし》を動《うご》かすたびに、ざっざっと砂利《じゃり》の音《おと》がする。

そのまま歩《ある》いていくと、石《いし》でできた立派《りっぱ》な鳥居《とりい》が見《み》えてきた。

まるで、ここから先《さき》は覚悟《かくご》してはいりなさいって言《い》われているみたい。

こういうの、たしか厳《おごそ》かっていうんだよね。

「くもり空《ぞら》も悪《わる》くないね。鳥居《とりい》や杉《すぎ》が神秘的《しんぴてき》に見《み》える」

風見《かざみ》さんがそう言《い》うと、青山君《あおやまくん》が「ぼくも同《おな》じこと思《おも》った」と、楽《たの》しそうにうなずいていた。

「広《ひろ》いし、空気《くうき》もきれいだけど、なんか、悪《わる》さできないムードだな」

龍斗《りゅうと》が、ふうと息《いき》をはく。

「ねえねえ、お昼《ひる》ってどこで食《た》べるんだっけ？　うち、おなかへった」

「静香《しずか》、格式高《かくしきたか》い場所《ばしょ》に来《き》たんだから、飯《めし》はあとで考《かんが》えろよ」

「だって、神秘的《しんぴてき》だろうが、空気《くうき》がきれいだろうが、おなかすくよ」

静香《しずか》が唇《くちびる》をとがらせると、龍斗《りゅうと》はあきれている。

なぜか、少《すこ》しずつ自分《じぶん》の心《こころ》が軽《かる》くなっていった。

班長《はんちょう》だって無理《むり》に気張《きば》らなくても、こうやってみんなと行動《こうどう》しているだけで、ひかりのことを忘《わす》れられるかもしれない。

朱色《しゅいろ》と金色《きんいろ》があざやかな表門《おもてもん》を通《とお》りすぎると、同《おな》じような色《いろ》づかいの建物《たてもの》がいくつも見《み》えてきた。

一《ひと》つずつきちんと観《み》ていったら、ここだけで、修学旅行《しゅうがくりょこう》が終《お》わってしまいそう。

「これが、有名《ゆうめい》な三猿《さんざる》だ。よく見《み》ろ。猿《さる》をたとえにして人《ひと》の一生《いっしょう》が描《えが》かれているんだ」

先生《せんせい》の言葉《ことば》にクラス全員《ぜんいん》、同《おな》じ方向《ほうこう》に顔《かお》をむけた。

ほかの建物《たてもの》とはちがって、派手《はで》な色《いろ》づかいがまったくない神《しん》きゅう舎《しゃ》という地味《じみ》な小屋《こや》があって、その上《うえ》のほうに彫刻《ちょうこく》でできた八枚《まい》の絵《え》が横《よこ》にぐるりと飾《かざ》られている。

一枚目《まいめ》は、猿《さる》が生《う》まれたところ、二枚目《まいめ》は、子供時代《こどもじだい》は余計《よけい》なことは見《み》ざる言《い》わざる聞《き》かざると、3匹《びき》の猿《さる》がそれぞれポーズをとっている。

その続《つづ》きは、なやんでいるのを友《とも》だちにはげまされたり、好《す》きな猿《さる》ができて結婚《けっこん》したり。

昔《むかし》、彫《ほ》られたものだから、とっつきにくいかなあって想像《そうぞう》していたけれど、どのおさるさんもかわいらしかった。

けど、子供時代《こどもじだい》の見《み》ざる言《い》わざる聞《き》かざるの絵《え》は、かわいらしいとは別《べつ》に、私《わたし》の心《こころ》に小《ちい》さな穴《あな》をあけてくれた。

5年生《ねんせい》の夏休《なつやす》み、私《わたし》は病院《びょういん》でひかりと出会《であ》った。

そのとき、初《はじ》めて、ひかりの顔《かお》を見《み》たし、その声《こえ》も聞《き》いたわけだけど、あのとき、ひかりの顔《かお》を見《み》ることもなく、声《こえ》を聞《き》くこともなければ、ひかりを好《す》きにならなかったわけだし、失恋《しつれん》することもなかったわけだ。

そう考《かんが》えると、ひかりとの出会《であ》いは余計《よけい》だったのかもしれない。

言《い》わざるっていうのも、私《わたし》は合唱《がっしょう》のあと、ひかりに好《す》きですって言《い》おうとしてできなかったわけだけど、あれも、それでよかったんだよ。

言《い》っても、ひかりが困《こま》るだけだったんだ。

「見《み》ざる、言《い》わざる、聞《き》かざるかあ。なんか納得《なっとく》できねえな」

はっと、横《よこ》を見《み》ると、龍斗《りゅうと》が見《み》あげながらつぶやいていた。

「え？　どういうこと？」

「だってさ、新《あたら》しいことに挑戦《ちょうせん》しようとしたら、絶対《ぜったい》に、よけいなこと、見《み》たくないもの、聞《き》きたくないものもついてくるぜ。それに、けんかって、大体《だいたい》、だれかがよけいなことを言《い》ったからはじまるけど、よけいなことも言《い》えない仲《なか》っていうのも、どうだろうな？」

龍斗《りゅうと》の考《かんが》えかたにあんぐりと口《くち》をあけてしまう。

「なんだよ、未来《みらい》」

「だって、龍斗《りゅうと》って、見《み》ざる言《い》わざる聞《き》かざるを実行《じっこう》してそうだから」

「そりゃ、それができたら、らくだけどさ。なかなかそうはいかないって。おれ、この彫《ちょう》刻《こく》が子供《こども》時代《じだい》を意味《いみ》しているのが、ひっかかるんだよ。大人《おとな》が子供《こども》にむかって大人《おとな》のあやまちは見《み》すごせよって言《い》ってるみたいで」

龍斗《りゅうと》の両親《りょうしん》が離婚《りこん》したことを思《おも》いだすと、妙《みょう》に説得力《せっとくりょく》があった。

すると、逆《ぎゃく》どなりの静香《しずか》も言《い》いだした。

「うちも、思《おも》った。だって、朝《あさ》ごはん食《た》べているときに、お母《かあ》さん、テレビ見《み》ないでさっさと食《た》べろって言《い》うけど、テレビついているもん。ごはん食《た》べるときにテレビは関係《かんけい》ないけれど、ついてれば見《み》ちゃうし、お父《とう》さんがスマホいじっていればのぞいちゃうもん。と

なりの家《いえ》のけんかだって、こっちは聞《き》きたくないけど勝手《かって》に聞《き》こえてくるしさ。見《み》ざる聞《き》かざるなんて、絶対《ぜったい》にむりだよ」

「まあ、言《い》わざるは、静香《しずか》は実行《じっこう》したほうがよさそうだけどな」

龍斗《りゅうと》が、くっくと笑《わら》う。たぶん、離婚問題《りこんもんだい》のときに、静香《しずか》が龍斗《りゅうと》に言《い》いすぎるぐらいストレートに気持《きも》ちをぶつけてきたことで助《たす》けられたのを思《おも》いだしたんだ。

「それは、うちの性分《しょうぶん》なの！　仕方《しかた》ないの！」

静香《しずか》は顔《かお》を真《ま》っ赤《か》にする。

私《わたし》は、想像《そうぞう》した。

あのとき、ひかりの顔《かお》を見《み》なかったら、声《こえ》を聞《き》かなかったら、つまり、出会《であ》わなかったことを。

きっと、失恋《しつれん》も味《あじ》わわなくてすんだけど、龍斗《りゅうと》が言《い》っていたように、持病《じびょう》でうじうじしているだけのつまらない毎日《まいにち》だったのかもしれない。

あのころの私《わたし》は今日《きょう》の空《そら》みたいに毎日《まいにち》がグレーだったけれど、ひかりとの出会《であ》いでかわったんだ。もう、それだけで、十分《じゅうぶん》だ。別《べつ》にひかりがいないからって、また、毎日《まいにち》がグレーになるわけじゃない。

安奈先生《あんなせんせい》が、私《わたし》はきらきらした時間《じかん》をすごしているって言《い》ってくれたもん。

「ようし、それでは、眠《ねむ》り猫《ねこ》を見《み》て、そのあと、207段《だん》の石段《いしだん》をのぼるぞ。晴《は》れてなくて逆《ぎゃく》によかったんじゃないか？　汗《あせ》でびしょびしょになるぞ」

私《わたし》たちは先生《せんせい》のあとにつづいた。

陽明門《ようめいもん》という、色《いろ》あざやかな植物《しょくぶつ》や霊獣《れいじゅう》が彫《ほ》られている大《おお》きな門《もん》をくぐると、右手《みぎて》に東回廊《ひがしかいろう》という廊下《ろうか》があって、その奥《おく》に坂下門《さかしたもん》といふまた別《べつ》の門《もん》が現《あらわ》れた。

『眠《ねむ》り猫《ねこ》』はここに彫《ほ》られているらしいんだけど、え、どこ？

「ええ！　ひょっとして、あれがうわさの眠《ねむ》り猫《ねこ》？」

「こら、鈴原《すずはら》。一般《いっぱん》のお客《きゃく》さんもいるんだぞ」

先生《せんせい》がおどろいている静香《しずか》を軽《かる》くたしなめた。

けど、大人《おとな》のうららさんがあっけらかんと言《い》ってしまった。

「若林先生《わかばやしせんせい》、私《わたし》も同《おな》じこと思《おも》っちゃいました。猫《ねこ》ちゃん、ちっちゃい〜」

先生《せんせい》は、今度《こんど》はうららさんの対応《たいおう》に困《こま》りだし、みんなが笑《わら》う。

でも、私《わたし》も、静香《しずか》やうららさんと同《おな》じ考《かんが》えだ。想像《そうぞう》していたより、小《ちい》さい。みんなが楽《たの》しみにしていた猫《ねこ》の彫《ほ》り物《もの》は、門《もん》の上《うえ》のほうに彫《ほ》られているせいもあって、画用紙一枚分《がようしいちまいぶん》ぐらいにしかみえない。

すると、風見《かざみ》さんの声《こえ》が聞《き》こえてきた。

「小《ちい》さいけど、猫《ねこ》の表情《ひょうじょう》で、どれだけ気持《きも》ちのいい日光《にっこう》を浴《あ》びていたか想像《そうぞう》できるのね」

「彫《ほ》った人《ひと》は、猫《ねこ》そのものよりも、日差《ひざ》しを表現《ひょうげん》したかったのかもしれない」

青山君《あおやまくん》が風見《かざみ》さんの意見《いけん》に言葉《ことば》をそえる。

この2人《ふたり》って、私《わたし》たちとはちょっと考《かんが》えていることがちがうのかも。

深《ふか》いというか、芸術的《げいじゅつてき》というか、なんだか、とても気《き》が合《あ》っているみたい。

「それでは、修学旅行《しゅうがくりょこう》、毎年恒例《まいとしこうれい》、２０７段《だん》行《い》くぞ！」

眠《ねむ》り猫《ねこ》を通《とお》りすぎると、一体《いったい》、どこまで続《つづ》いているの？　というぐらいに長《なが》い石段《いしだん》があった。

これをのぼれば、ひかりを忘《わす》れられる……？　なぜかそんな予感《よかん》がした。

7章《しょう》 叶杉《かのうすぎ》

石段《いしだん》をながめながら、足首《あしくび》やひざをまわす。

私《わたし》の持病《じびょう》は、突発的《とっぱつてき》に関節《かんせつ》が痛《いた》くなったり、熱《ねつ》がでたりやっかいなんだよね。

「前田《まえだ》、きつそうだったら、すぐに言《い》うんだぞ」

若林先生《わかばやしせんせい》と看護師《かんごし》さんがそばに来《き》てくれた。

「最近《さいきん》、調子《ちょうし》いいんで、とりあえず、挑戦《ちょうせん》します。じゃあ、5班《はん》のみんな、行《い》こうか」

自分《じぶん》をはげますためにも、わざとリーダーっぽいことを口《くち》にしてみた。

すると、すっととなりに龍斗《りゅうと》がならんできた。

「真面目《まじめ》だなあ、未来《みらい》。おれが同《おな》じ病気《びょうき》だったら、さぼるけどな」

「そうかな？　龍斗《りゅうと》が私《わたし》と同《おな》じ病気《びょうき》だったら、絶対《ぜったい》に意地《いじ》でさいごまでのぼりきると思《おも》うけど」

龍斗《りゅうと》と目《め》があったので、わざとにっこり笑《わら》ってみた。

「まいったなあ。一本《いっぽん》とられたか？」

龍斗《りゅうと》が頭《あたま》をかき、私《わたし》たちは長《なが》い石段《いしだん》をのぼりだした。

先《さき》は長《なが》いので、マイペースを保《たも》たないと、ばてちゃいそう。

「なあ、未来《みらい》。大木《おおき》、あわてて電話切《でんわき》ったただけなんじゃねえか」

「え？　あ！」

龍斗《りゅうと》の思《おも》いがけない言葉《ことば》に、石段《いしだん》から足《あし》をふみはずしそうになる。

「あぶない」

龍斗《りゅうと》が、ぐっと私《わたし》のうでを引《ひ》きあげてくれた。

「ありがとう、あぶなかった」

一瞬《いっしゅん》の出来事《できごと》に、心臓《しんぞう》がはげしく音《おと》をたてる。足《あし》をふみはずしそうになったことにびっくりしたのか、とつぜん、ひかりのことを言《い》われておどろいたのか、それとも、龍斗《りゅうと》の手《て》の感触《かんしょく》と力強《ちからづよ》さにドキドキしてしまったのかは自分《じぶん》でもわからない。

「わりいわりい、おどろかせちゃったか？　静香《しずか》との会話《かいわ》が、聞《き》こえるんだよ、おれの座《ざ》席《せき》」

「眠《ねむ》くて寝《ね》ているんじゃなかったの？」

「あんなにみんなはしゃいだら、寝《ね》られないよな」

「なによ、寝不足《ねぶそく》なんてウソなんじゃない？」

今《いま》になって、やっと、龍斗《りゅうと》の寝不足《ねぶそく》もあくびもウソだってことに気《き》づいた。

大体《だいたい》、龍斗《りゅうと》が旅行《りょこう》の前日《ぜんじつ》に寝不足《ねぶそく》のわけがない。しっかり、準備《じゅんび》してくるはずだ。

自分《じぶん》が1人席《ひとりせき》になれば、ほかの4人《にん》が楽《たの》しめるから、わざとあくびをしたんだ。

結局《けっきょく》、龍斗《りゅうと》のほうが私《わたし》より、いつも一枚上手《いちまいうわて》なんだよね。

「けど、大木《おおき》もだらしねえな」

「え？」

「未来《みらい》のお母《かあ》さんにばれたから、手紙《てがみ》はもう書《か》けないって、なんだよ、それ。だったら、文通《ぶんつう》なんか、はじめから、するなよ」

「そ、それは」

なにか言《い》いかえしたかったけど、納得《なっとく》もしてしまった。

私《わたし》も、だらしないとまでは言《い》わないけど、ひかり、ひどいよとは思《おも》った。

「ま、あまり、大木《おおき》とのことはおおげさに考《かんが》えるなよ。ああいう鈍《にぶ》いやつ、いるんだよ」

龍斗《りゅうと》、今《いま》、なんて言《い》った？

「根《ね》はいいやつなんだけど、サッカーしか知《し》らねえんだろ。それ以外《いがい》は鈍《にぶ》いを超《こ》えて成長《せいちょう》がおそいんだろうな」

あまりにもひどすぎる言葉《ことば》の連発《れんぱつ》だった。

鈍《にぶ》い、サッカーしか知《し》らない、成長《せいちょう》がおそい、なによ、それ、あんまりだ。

「言《い》いすぎだよ」

息《いき》を切《き》らしながら、はっきりと声《こえ》にした。

龍斗《りゅうと》が「え」とこっちをむく。

「ひかりは、3年生《ねんせい》のころは背《せ》が低《ひく》くて、サッカーをやるには不利《ふり》で、でも、がんばって、今《いま》じゃ、ファイターズのキャプテンじゃない！　なのに、サッカーしか知《し》らないとか、鈍《にぶ》いとか、成長《せいちょう》がおそいって、言《い》いすぎだよ。第一《だいいち》、龍斗《りゅうと》はひかりのなにを知《し》っているの？」

石段《いしだん》をのぼりながら言《い》ったので、息《いき》が荒《あら》く、ちゃんと言葉《ことば》になっているかわからない。

けれど、龍斗《りゅうと》が反論《はんろん》してきたら、言《い》いかえしてやろうと、がんばって呼吸《こきゅう》を整《ととの》えた。

ところが、龍斗《りゅうと》はなにか言《い》ってくるどころか、ふっと笑《わら》っただけだった。

「だったら、未来《みらい》しか知《し》らない大木《おおき》を信《しん》じるってのはどうだ？」

汗《あせ》ばんだ体《からだ》を風《かぜ》がふっと通《とお》りすぎていく。

私《わたし》しか知《し》らないひかりを信《しん》じる……？

「おれ、もうちょっと速《はや》く歩《ある》きたいから」

龍斗《りゅうと》がそう言《い》って、先《さき》にのぼりだすと、思《おも》わず、その背中《せなか》に「やられた」とつぶやいてしまった。

私《わたし》をはげますために、龍斗《りゅうと》、わざと、ひかりのことを悪《わる》く言《い》ったんだ。

「未来《みらい》、先《さき》はまだ長《なが》いからゆっくり行《い》こう〜」

空《あ》いたとなりにうしろから静香《しずか》が、わざとおどけながらはいってきた。

きっと、私《わたし》が強《つよ》い声《こえ》をだしていたの、聞《き》こえたんだろうな。

まさか、そのうしろにもと、そっとふりむくと、風見《かざみ》さんと青山君《あおやまくん》がこちらにはなんの興味《きょうみ》もなさそうに、足《あし》なみをそろえて２人《ふたり》のペースで石段《いしだん》をのぼっていた。

「あの2人《ふたり》、正解《せいかい》だね。へんなことに気《き》をとられず、黙々《もくもく》とのぼらないと、この石段《いしだん》、疲《つか》れるよ」

「そりゃ、そうだけど、ちょっと、2人《ふたり》のペースすぎないかなあ？」

静香《しずか》がいたずらっぽく笑《わら》い、私《わたし》たちは、せっせとのぼっていく。

空《そら》はくもって日差《ひざ》しがないぶん、らくかなと思《おも》ったけれど、だんだんと蒸《む》してきた。

顔《かお》や背中《せなか》に汗《あせ》が流《なが》れ落《お》ちる。

「こうなったら、必殺《ひっさつ》、タオル巻《ま》きだ」

静香《しずか》が、タオルを首《くび》にぐるりと巻《ま》いて、はしで汗《あせ》をふいた。ついでのように私《わたし》の顔《かお》もふいてくれる。

「ありがとう」

「龍斗《りゅうと》はいらいらしているんだろうね」

「え？」

「おれだったら、未来《みらい》を不安《ふあん》にさせないのに！　っていういらだちがあるんだよ」

静香《しずか》は石段《いしだん》をのぼりながら言葉《ことば》を足《た》す。

「でもさ、未来《みらい》はひかりが好《す》きなんだから、どうしようもないよね」

どうしようもないか。

私《わたし》はひかりが好《す》きだけど、失恋《しつれん》してしまったことは、もう、どうしようもないのかも。

そのまま、足《あし》を進《すす》めていくと、やっとの思《おも》いで２０７段《だん》をのぼりきった。

「やったね」

静香《しずか》と手《て》をたたきあうと、うしろから風見《かざみ》さんと青山君《あおやまくん》、先《さき》にのぼりきった龍斗《りゅうと》もこっちに来《き》て、５班全員《はんぜんいん》でハイタッチをした。

頂上《ちょうじょう》って日光全体《にっこうぜんたい》を見《み》わたせるような場所《ばしょ》を想像《そうぞう》していたんだけれど、目《め》の前《まえ》に広《ひろ》がっていたのは、石《いし》でできた平《たい》らな地面《じめん》、まわりは杉《すぎ》の木《き》にかこまれた、教室《きょうしつ》ぐらいの一角《いっかく》だった。

まんなかに宝塔《ほうとう》と呼《よ》ばれる石《いし》の塔《とう》があって、そこに徳川家康《とくがわいえやす》のひつぎが納《おさ》められているらしい。

その宝塔《ほうとう》は近《ちか》くによってはいけないらしく、みんな遠《とお》くから見《み》るしかなかった。

「もっとすごいごほうびがあるのかと思《おも》った〜！　あんな、石《いし》の塔《とう》、どこにでもありそうだよ」

静香《しずか》の正直《しょうじき》な声《こえ》に、私《わたし》たちはどっと笑《わら》い、龍斗《りゅうと》が聞《き》いてきた。

「未来《みらい》、体《からだ》、大丈夫《だいじょうぶ》か？」

「うん、思《おも》ったより、平気《へいき》だった。でも、静香《しずか》がとなりにいてくれたし、なにより、龍斗《りゅうと》がうまくおこらせてくれたから元気《げんき》でたかも」

「そうか、役《やく》に立《た》ててよかったよ」

龍斗《りゅうと》が汗《あせ》をふきながら笑《わら》った。

本当《ほんとう》は、もっとうまく、ありがとうの気持《きも》ちを伝《つた》えたかったけれど、これがせいいっぱいだ。

「でも、達成感《たっせいかん》は十分《じゅうぶん》にある」

青山君《あおやまくん》が体《からだ》を伸《の》ばしたので、私《わたし》も同《おな》じことをし、思《おも》いきり息《いき》をすう。

忘《わす》れられる、きっと……。そう感《かん》じたとき、あるものが目《め》にはいった。

それは、私《わたし》たち5人《にん》が、すっぽりとはいってしまえるぐらい、太《ふと》い杉《すぎ》。

東照宮《とうしょうぐう》についたときから、どこもかしこも杉《すぎ》だらけだけど、太《ふと》さが別格《べっかく》で、しかも、上《うえ》は途中《とちゅう》で切《き》れているのが印象的《いんしょうてき》だった。
近《ちか》くによると、しめ縄《なわ》と紙垂《しで》といわれるダイヤ形《がた》の白《しろ》い紙《かみ》がしっかりと巻《ま》かれている。説明《せつめい》が書《か》かれてある看板《かんばん》が目《め》にはいると、体《からだ》に電気《でんき》が流《なが》れるぐらいにおどろいた。

『叶杉《かのうすぎ》。樹齢《じゅれい》６００年《ねん》。願《ねが》いをとなえると叶《かな》うと伝《つた》えられている』

読《よ》んだ瞬間《しゅんかん》、ひかりが出会《であ》ったときにくれた名前《なまえ》でひくおみくじ『未来《みらい》　想《おも》いが叶《かな》う名《な》前《まえ》』を思《おも》いだしてしまった。

のぼりきったら、ひかりを忘《わす》れられると思《おも》ったのに、どうして、ひかりを思《おも》いださせるこんな大《おお》きなものが、でてくるの？

そっと杉《すぎ》の木《き》にふれると、いろんなことが思《おも》いだされた。

初《はじ》めて病院《びょういん》で会《あ》ったとき、ひかりは、私《わたし》がひどいことを言《い》ったのに、わざわざおみくじを持《も》って病室《びょうしつ》をたずねてくれた。

逆《ぎゃく》にひかりがサッカーの怪我《けが》で入院《にゅういん》したとき、けんかしたのに、ひかり、骨折《こっせつ》しているのに、水泳《すいえい》の進級《しんきゅう》テストに来《き》てくれたっけ。

植物園《しょくぶつえん》に行《い》く約束《やくそく》をして、電車事故《でんしゃじこ》で私《わたし》がおくれていたのに待《ま》っていてくれて。

龍斗《りゅうと》の言《い》っていた私《わたし》だけが知《し》っているひかりって、そういうことなんじゃない？　空《そら》を見《み》あげると、家《いえ》をでるときと同《おな》じ、晴《は》れてもどしゃぶりになってもおかしくないくもり空《ぞら》だった。

ひかりの電話《でんわ》でのさいごの言葉《ことば》「元気《げんき》でな」ってこのくもり空《ぞら》と似《に》ているかも。もう会《あ》うことがないから「元気《げんき》でな」ともとれるけれど、次《つぎ》に会《あ》うまで「元気《げんき》でな」とも受《う》けとれる。

今《いま》まで、もう会《あ》うことがないから「元気《げんき》でな」って言《い》われたんだ、失恋《しつれん》したんだって、考《かんが》えていたけれど、そうじゃない受《う》けとりかたもあるのかも。

叶杉《かのうすぎ》に教《おし》えられた気《き》がした。

8章《しょう》 一瞬《いっしゅん》のひみつの出来事《できごと》 ～中禅寺湖《ちゅうぜんじこ》より～

東照宮《とうしょうぐう》を見学《けんがく》し終《お》えると、近《ちか》くの大《おお》きな食堂《しょくどう》で、おそばを食《た》べた。

「うち、東照宮《とうしょうぐう》のそばの二荒山神社《ふたらさんじんじゃ》も行《い》きたかったなあ。あそこ、開運《かいうん》スポットあるんだよ。修学旅行《しゅうがくりょこう》ってさ、結局《けっきょく》、大人《おとな》の決《き》めたスケジュールだよね」

静香《しずか》がおそばをすすりながらぼやく。

「だったら、中学生《ちゅうがくせい》になったら、彼氏《かれし》にもう一度《いちど》連《つ》れてきてもらうんだな」

むかいの龍斗《りゅうと》が言葉《ことば》をかえすと、静香《しずか》は「う、うちに、そんな人《ひと》できないよ」と真《ま》っ赤《か》になって急《きゅう》にはしが止《と》まってしまった。

「静香《しずか》は中学生《ちゅうがくせい》になったらもてもてで、大変《たいへん》だと思《おも》うな」

私《わたし》が、言《い》いかえしてやると、龍斗《りゅうと》が笑《わら》った。

いろんな意味《いみ》をこめて、龍斗《りゅうと》に言《い》ったんだけど、ぜんぜん伝《つた》わってない！

食事《しょくじ》が終《お》わると、バスで中禅寺湖《ちゅうぜんじこ》にむかった。

途中《とちゅう》のいろは坂《ざか》はバスが右《みぎ》に行《い》ったり左《ひだり》に行《い》ったり、ときには浮《う》いた感《かん》じもして、ちょっとしたアトラクション状態《じょうたい》。

私《わたし》は、龍斗《りゅうと》、静香《しずか》、そして、ひかりと4人《にん》で行《い》った遊園地《ゆうえんち》を思《おも》いだす。

急《きゅう》にひかりとのことを、本当《ほんとう》に失恋《しつれん》かどうかを、はっきりさせたくなってきた。

あの電話《でんわ》だけで、決《き》めちゃうってどうなんだろう？

ひかりに気持《きも》ちを伝《つた》えて、拒否《きょひ》されたならともかく、結局《けっきょく》、そこまでの勇気《ゆうき》もないから、あの電話《でんわ》の内容《ないよう》は、失恋《しつれん》なんだって、思《おも》いこもうとして逃《に》げているみたい。

どうせなら、もっとはっきりと失恋《しつれん》したい。

修学旅行《しゅうがくりょこう》から帰《かえ》ったら、ひかりに会《あ》える方法《ほうほう》を考《かんが》えよう。

バスからおりると、目《め》の前《まえ》には湖《みずうみ》が広《ひろ》がっていて、みんな、いっせいに「お〜」と声《こえ》をだし両手《りょうて》をあげた。

「湖《みずうみ》って、青《あお》じゃなくて、緑色《みどりいろ》なのね」

「湖《みずうみ》をとりかこむ山々《やまやま》が水面《すいめん》にうつっているんじゃないかな？」

みんなが大《おお》はしゃぎをするなか、風見《かざみ》さんと青山君《あおやまくん》の２人《ふたり》だけがロマンティックな会話《かいわ》をしていた。

というより、風見《かざみ》さん、青山君《あおやまくん》といっしょだとよくしゃべる。

「それではこれから遊覧船《ゆうらんせん》に乗《の》るぞ。おりてくる団体《だんたい》もいるから、ぶつからないように気《き》をつけること」

先生《せんせい》に誘導《ゆうどう》され、みんなで遊覧船《ゆうらんせん》乗《の》り場《ば》にむかって歩《ある》きだすと、アヒルの形《かたち》の乗《の》り物《もの》や手漕《てこ》ぎのボートが湖《みずうみ》のはしにたくさんならんでいた。

すると、湖面《こめん》のはしのほうで日差《ひざ》しがきらきらと反射《はんしゃ》しだした。

「やったあ、晴《は》れてきたぞ」

みんなのテンションがさらにあがると、ちょうど、遊覧船《ゆうらんせん》が一周《いっしゅう》を終《お》え、乗《の》り場《ば》にもどってきた。

到着《とうちゃく》した船《ふね》からはお客《きゃく》さんがぞろぞろとおりだして、これから乗《の》りこむ私《わたし》たちと埠頭《ふとう》ですれちがう。

おりてきた団体《だんたい》は、私《わたし》たちと同《おな》じ修学旅行《しゅうがくりょこう》で来《き》た小学生《しょうがくせい》のようだった。

先頭《せんとう》の男《おとこ》の子《こ》がふっている三角《さんかく》の旗《はた》が目《め》にはいると、私《わたし》の足《あし》は止《と》まってしまった。

うそ、まさか……！

「前田《まえだ》さん、あぶない」

うしろを歩《ある》いていた風見《かざみ》さんとぶつかりそうになったので、「ごめん」とあやまる。

だって、今《いま》の旗《はた》の校章《こうしょう》、見《み》おぼえがあって、心臓《しんぞう》が止《と》まりそうになっちゃって。

そんなはずはないと思《おも》いながらも、行《い》きちがう他校《たこう》を横目《よこめ》で追《お》っていくと、ポニーテールの女《おんな》の子《こ》が通《とお》りすぎていく。

その横顔《よこがお》は、ひかりと同《おな》じクラスで、ひかりがキャプテンをつとめるファイターズのマネージャー大宮《おおみや》まりんさんとうり二《ふた》つだった。

いや、そっくりじゃなくて、大宮《おおみや》まりんさん、そのものだ。

大宮《おおみや》さんは一瞬《いっしゅん》「え、まさか」とこちらをむきながら、歩《ある》いていったようにも見《み》えた。

そして、そのうしろのパーカを着《き》ている男《おとこ》の子《こ》は完全《かんぜん》に私《わたし》に気《き》がついていた。

声《こえ》こそださなかったけれど、いや、おたがいにだしたくてもだせなかったんだけれど、まちがいなく、ひかりだった。

ひかりは、私《わたし》の存在《そんざい》に気《き》づき、こちらをちらちら見《み》るものの、どうしようもなく、ほかの子《こ》といっしょに歩《ある》いていく。

私《わたし》もまったく同《おな》じで、心《こころ》の中《なか》で、ひかり、ひかりとくりかえしながらも、みんなと歩《ある》き、遊覧船《ゆうらんせん》に乗《の》るしかない。

ひかりがいた！

しかも、同《おな》じ日光《にっこう》に来《き》ている！

一生懸命《いっしょうけんめい》、落《お》ちつこうとした。だって、うれしすぎて、どうにかなってしまいそうだったから。

静香《しずか》の提案《ていあん》で、５班《はん》は後部《こうぶ》にある甲板《かんぱん》で船《ふね》の出発《しゅっぱつ》を体験《たいけん》することにした。

ゴゴゴと大《おお》きな音《おと》をたてながら、船《ふね》はゆっくりと岸《きし》をはなれていく。

さっきのは、まちがいなくひかりだった。ひかりも私《わたし》に気《き》づいてくれた。

船《ふね》が岸《きし》からはなれると、みんなは「出発《しゅっぱつ》だあ」「やったあ」とはしゃいでいたけれど、私《わたし》は、ひかりと引《ひ》き離《はな》されてしまうようで、さびしくもなってきた。

船《ふね》は岸《きし》をどんどんとはなれ、風《かぜ》が強《つよ》くなり、髪《かみ》の毛《け》が顔《かお》にからみつく。

そんな強《つよ》い風《かぜ》はめったに経験《けいけん》できないので、みんな、きゃーきゃーさわいでいた。

私《わたし》も顔《かお》にかかった髪《かみ》をうしろにもっていきながら、湖《みずうみ》をのぞく。

海《うみ》とちがって、波《なみ》がないし、底《そこ》が見《み》えないので、緑色《みどりいろ》の湖面《こめん》が地面《じめん》のように見《み》える。

おりたら歩《ある》いて、すっすっとひかりのいる岸《きし》にもどれそう。

でも、実際《じっさい》におりたら、おぼれるだけだ。

「未来《みらい》、ここ、景色《けしき》はいいけれど、風強《かぜつよ》すぎだよ。うち、顔《かお》が痛《いた》い。中《なか》にはいらない？」

「そうだね」

静香《しずか》の提案《ていあん》にうなずくと、湖《みずうみ》をとりかこむ山々《やまやま》を見《み》ている風見《かざみ》さんと青山君《あおやまくん》のうしろ姿《すがた》が、目《め》にはいった。

私《わたし》は「風《かぜ》、強《つよ》くない？」と声《こえ》をかけようとしたんだけど、あわてて飲《の》みこんでしまった。

それは、数秒間《すうびょうかん》の、私《わたし》とひかりがすれちがったぐらいの時間《じかん》の出来事《できごと》だった。

風見《かざみ》さんの手《て》と青山君《あおやまくん》の手《て》が、ふれあい、にぎられた。

けど、手《て》はすっとはなれ、まるで、はじめから少《すこ》しだけと約束《やくそく》されていたみたい。

私《わたし》と静香《しずか》は、顔《かお》を見《み》あわせ、ふたりそろって、なにも見《み》ていません、知《し》りませんと、音《おと》もたてずにその場《ば》をはなれ、ドアを開《あ》けて、客室《きゃくしつ》にはいった。

ドアを完全《かんぜん》にしめると、私《わたし》たちは口《くち》をパクパクさせた。

おどろきすぎて、なにからしゃべっていいのかわからない！

「こ、こここ、こういうときに三猿《さんざる》の教《おし》えが役《やく》に立《た》つんだろうね。見《み》ざる、言《い》わざる、聞《き》かざる〜！」

静香《しずか》が、やっと口《くち》パクでなく、声《こえ》をだしてくれた。

私《わたし》もわけがわからず「うん、うん」とくりかえすしかない。

ひかりに会《あ》えたことを船《ふね》の中《なか》で、静香《しずか》にこっそり話《はな》そうかと思《おも》っていたけれど、今《いま》、見《み》たものが強烈《きょうれつ》すぎて、タイミングを失《うしな》っちゃったよ。

9章《しょう》　同《おな》じ場所《ばしょ》にいるのにね

遊覧船《ゆうらんせん》で湖《みずうみ》を一周《いっしゅう》したあと、私《わたし》たちは、バスでホテルについた。

しおりで読《よ》んだけれど、築《ちく》50年《ねん》っていう歴史《れきし》があるらしい。

「湖《みずうみ》の近《ちか》くでしょ。しかも、古《ふる》いでしょ。って、ことは幽霊《ゆうれい》、まちがいないでしょ～！」

静香《しずか》が自分《じぶん》の体《からだ》を両手《りょうて》で抱《だ》き、ふるえあがる。

「おおげさだよ」

私《わたし》が笑《わら》うと、ふと、風見《かざみ》さんと目《め》があい、急《きゅう》にどきどきしてしまう。

こら、未来《みらい》。見《み》ちゃった私《わたし》が顔《かお》を赤《あか》くしてどうするの？　逆《ぎゃく》でしょ？

ホテルからおかみさんや従業員《じゅうぎょういん》がでてくると、学年全体《がくねんぜんたい》で背筋《せすじ》をのばして整列《せいれつ》し、「三《みっ》日間《かかん》よろしくお願《ねが》いします」とおじぎをした。

頭《あたま》をあげると、ホテルの玄関《げんかん》のわきの植《う》えこみに、私《わたし》の心《こころ》をぐっとつかんでしまう花《はな》が咲《さ》いていた。

ペンタス、ひかりと植物園《しょくぶつえん》に行《い》ったときに咲《さ》いていた花《はな》。

花言葉《はなことば》は、希望《きぼう》が叶《かな》う。

東照宮《とうしょうぐう》の叶杉《かのうすぎ》といい、そして、ひかりに一瞬《いっしゅん》だけど、会《あ》え、ここでまた思《おも》い出《で》のペンタスが咲《さ》いているなんて、偶然《ぐうぜん》だけど、この偶然《ぐうぜん》の連続《れんぞく》がたまらなくうれしい。

もし、神様《かみさま》が本当《ほんとう》にいるのなら、失恋《しつれん》じゃないよ、自分《じぶん》しか知《し》らないひかりを信《しん》じるんだよって言《い》われているみたい。

そして、自動《じどう》ドアをぬけ、ぞろぞろとホテルにはいっていくと信《しん》じられない奇跡《きせき》がおきた。

静香《しずか》も気《き》づき、私《わたし》のうでを思《おも》いきりひっぱり、指《ゆび》をさす。

掲示板《けいじばん》に、白《しろ》い字《じ》で、私《わたし》の学校《がっこう》の名前《なまえ》と、ひかりの学校《がっこう》の名前《なまえ》の二《ふた》つがならんで書《か》かれてあった。

ひかりと、同《おな》じ宿《やど》なの？　いっきに心臓《しんぞう》の音《おと》が速《はや》くなる。

「未来《みらい》！　そうだよね？　ね、ね、だよね！」

私《わたし》がこくんとうなずくと、静香《しずか》は「やったあ！」と声《こえ》をだし、抱《だ》きついてくれた。

すると、生徒《せいと》も先生《せんせい》も従業員《じゅうぎょういん》もそこにいる全員《ぜんいん》が私《わたし》たちに視線《しせん》をむける。

「鈴原《すずはら》、うるさいぞ。前田《まえだ》も、班長兼親友《はんちょうけんしんゆう》として、ちゃんと面倒《めんどう》みてやれ」

先生《せんせい》の言葉《ことば》にみんな笑《わら》うけれど、いつも面倒《めんどう》みてもらっているのは、私《わたし》のほうです。

ひかり、もう館内《かんない》にいるの？　どこの部屋《へや》なの？　それともこれから来《く》るの？

頭《あたま》の中《なか》が質問《しつもん》だらけの状態《じょうたい》で、自分《じぶん》たちが泊《と》まる部屋《へや》に歩《ある》いていく。

私《わたし》たちの部屋《へや》は東館《ひがしかん》の４階《かい》で、窓《まど》のそばに立《た》つと遠《とお》くに中禅寺湖《ちゅうぜんじこ》と、プラモデルのように浮《う》かんでいる遊覧船《ゆうらんせん》が見《み》えた。

「さっきまで、あれに乗《の》っていたんだねえ」

くりくりした目《め》にマッシュルームヘアの夏川《なつかわ》さんが、私《わたし》をおしのけるように窓《まど》に立《た》つ。

すると、秋山《あきやま》さんに冬野《ふゆの》さん、鈴木春《すずきはる》さんも「遊覧船《ゆうらんせん》ちっちゃ〜い」「ほんと、ほんと」と、どやどやとやってきた。

この子《こ》たちは、みんな名前《なまえ》に季節《きせつ》がはいっているせいか、妙《みょう》に団結力《だんけつりょく》が強《つよ》い。

この４人《にん》と、静香《しずか》と風見《かざみ》さん、私《わたし》で一部屋《ひとへや》なんだけど、どうか、面倒《めんどう》なことが起《お》きませんように。

「あ、班長会議《はんちょうかいぎ》に行《い》ってくるね」

私《わたし》がしおりとペンケースを持《も》って部屋《へや》をでようとすると、静香《しずか》がさっとやってきて「どこかでひかりに会《あ》えるかも」と耳打《みみう》ちしてきた。

じつは、私《わたし》も、同《おな》じことを考《かんが》えていたりして。

廊下《ろうか》を歩《ある》くと、目《め》があちらこちらに行《い》ってしまう。ひかりはどこにいるんだろう？

この廊下《ろうか》の部屋《へや》はぜんぶ、うちの学校《がっこう》の生徒《せいと》が使《つか》うみたいだし。

階段《かいだん》で3階《かい》におりていっても、どの部屋《へや》もぜんぶ、うちの生徒《せいと》が使《つか》っているようだった。

班長会議《はんちょうかいぎ》は3階《かい》にある若林先生《わかばやしせんせい》の部屋《へや》で行《おこな》われた。

避難経路《ひなんけいろ》、明日《あした》の日程《にってい》の確認等《かくにんとう》の真面目《まじめ》な話《はなし》もあれば、毎年《まいとし》、幽霊《ゆうれい》がでたってさわぐ生《せい》徒《と》がいるなんていううくだけた注意《ちゅうい》もあった。

この部屋《へや》の窓《まど》からは、駐車場《ちゅうしゃじょう》が見《み》え、バスが2、3台《だい》、はいってきたのがわかった。

まさか……！

「あ、今《いま》、ちょうど来《き》たか？　じつは、もう一《ひと》つ小学校《しょうがっこう》が泊《と》まることになっている。みんと同《おな》じ6年生《ねんせい》だ」

やっぱり、ひかり、窓《まど》のむこうに、あのバスにいるんだ。

先生《せんせい》の説明《せつめい》に、2班《はん》の子《こ》が手《て》をあげる。

「その子《こ》たちと交流《こうりゅう》する予定《よてい》はあるんですか？」

私《わたし》も同《おな》じことが聞《き》きたい！　祈《いの》るように先生《せんせい》の答《こた》えを待《ま》つ。

「いや、そこの先生《せんせい》と話《はな》し合《あ》って、食事《しょくじ》も別《べつ》の部屋《へや》だし、お風呂《ふろ》もちがう時間《じかん》で、重《かさ》なりあわないようにした。先生《せんせい》が言《い》いたいのは、一般客《いっぱんきゃく》からすると、学校《がっこう》が二《ふた》つということはさわぎが二倍《ばい》に感《かん》じられるから、廊下《ろうか》やロビーでは静《しず》かにしていろってことだ」

がっくりした。

同《おな》じホテルなのに、会《あ》える確率《かくりつ》、0パーセントじゃない。

おみくじのはいっているペンケースを胸《むね》に当《あ》てた。

「いただきます！」

夕飯《ゆうはん》は鶴《つる》の間《ま》っていう長《なが》いテーブルがいくつもならんでいる大広間《おおひろま》でみんなで食《た》べる。

メニューはエビフライ、ポテトサラダ、ごはん、おみそしる。

私《わたし》にとって夕飯《ゆうはん》って、お母《かあ》さんと2人《ふたり》か1人《ひとり》で食《た》べるものだから、こんなに大勢《おおぜい》の同《おな》い年《どし》の子《こ》と食《た》べるって、特《とく》に、となりに静香《しずか》がいてくれるって、心《こころ》がはずんでくる。

それは、私《わたし》だけではなく……。

「こっちにソースまわして」

「あいつ、エビフライ、しっぽから食《く》ってる」

楽《たの》しくて仕方《しかた》ないといった声《こえ》があちこちから聞《き》こえてきた。

けど、どんなにみんなと楽《たの》しい時間《じかん》をすごしていても、どうしても、この鶴《つる》の間《ま》のとなり、あの白《しろ》い壁《かべ》のむこうにある亀《かめ》の間《ま》が気《き》になってしまって。

たぶん、ひかりの学校《がっこう》はあの壁《かべ》のむこうで、ごはんを食《た》べていると思《おも》うんだ。

メニュー、いっしょのエビフライかな？

ひかりって、エビフライになにかけるんだろう、ソース？　タルタル？　ケチャップ？

それより、なにより、私《わたし》も同《おな》じホテルだって気《き》づいているかな？

うちの学校《がっこう》の学習発表会《がくしゅうはっぴょうかい》に来《き》てくれたんだから、学校名《がっこうめい》はわかっているはず。

だったら、玄関《げんかん》の掲示板《けいじばん》見《み》て、気《き》づくよね。

あ、でも、あんなところ、見《み》ないかもしれないし。

けど、中禅寺湖《ちゅうぜんじこ》ですれちがったときの表情《ひょうじょう》からすると、きらわれたとか、失恋《しつれん》とかはなさそうで。もう、それだけでも十分《じゅうぶん》だ。

ううん、きらわれてないなら、失恋《しつれん》じゃなかったなら、やっぱり、どこかで会《あ》って話《はな》したい。

「未来《みらい》、エビフライ、なんかかけろよ」

むかいの龍斗《りゅうと》が手《て》をのばして取《と》ったソースをわたしてくれた。

やだ、なにもかけないで食《た》べていた。

「ありがとう。なにもかけないでもおいしいかなって」

苦《くる》しいウソをつきながら、龍斗《りゅうと》がわたしてくれたソースをかける。

「そんなに、壁《かべ》のむこうが気《き》になるなら、堂々《どうどう》と気《き》にしてろよ。悪《わる》いことしているわけじゃない」

龍斗《りゅうと》がはしを持《も》ちながら大真面目《おおまじめ》に、でも、どこかやさしく言《い》ってきた。

もしや、ひかりも同《おな》じホテルってことに、気《き》づいている？　龍斗《りゅうと》があの掲示板《けいじばん》を見逃《みのが》すはずがないし、ひょっとしたら、中禅寺湖《ちゅうぜんじこ》で、もう、ひかりに気《き》づいていたかもしれない。

「え、あの壁《かべ》に霊《れい》がうつっているの？」

「前田《まえだ》さんってみえる人《ひと》？」

ほかの子《こ》が話《はなし》を思《おも》わぬ方向《ほうこう》にもっていき、みんなが笑《わら》った。

となりの静香《しずか》も笑《わら》っているけれど、その笑顔《えがお》にはちょっと無理《むり》があった。

食事《しょくじ》が終《お》わると、各自部屋《かくじへや》にもどり、入浴《にゅうよく》のしたくをする。

静香《しずか》が元気《げんき》に自分《じぶん》のポーチを見《み》せてくれた。

「この中《なか》に、例《れい》のシャンプーはいっているからね、いっしょに使《つか》おう！」

「うん」

準備《じゅんび》が整《ととの》うと、部屋《へや》にいる子《こ》全員《ぜんいん》で浴場《よくじょう》にむかう。

みんなではいるお風呂《ふろ》は、楽《たの》しみだけど、廊下《ろうか》や階段《かいだん》を歩《ある》いていると、どうしても、別《べつ》のことも期待《きたい》してしまう。

ひかりが偶然《ぐうぜん》に通《とお》りかかるとかないかな？

でも、もし、そうなっても、ひかりは友《とも》だちといっしょだろうし、話《はな》せるのかな？

すると、ならんで歩《ある》いている静香《しずか》がとうとつに言《い》ってきた。

「未来《みらい》、うち、だんだんひかりに、頭《あたま》きだした」

「え！　ごめん。ひょっとして、きょろきょろしすぎ？」

「きょろきょろしちゃうのは、仕方《しかた》ないよ。だって、ひかりが悪《わる》いもん。いきなり、手紙《てがみ》は書《か》けない、元気《げんき》でねとか言《い》われたら、未来《みらい》だってどうしていいかわからなくなるもん。ひかりは、少《すこ》し、未来《みらい》のこと考《かんが》えてあげるべきだよ」

「でも、私《わたし》が一方的《いっぽうてき》に……」

そのあとの「好《す》きってわけだし」って言葉《ことば》はボリュームをうんと下《さ》げた。

「それでも、うちはひかりにいらいらするし、龍斗《りゅうと》は、うちより、もっと、ひかりにいらいらしている。そこをおさえて、未来《みらい》にやさしくしちゃってさ。龍斗《りゅうと》がかわいそうに思《おも》える！」

静香《しずか》の言葉《ことば》におどろく。どうしよう、このままだと、ひかりが悪者《わるもの》になっちゃう。

そのとき、ちょうど、大浴場《だいよくじょう》ののれんをかきわけながら、別《べつ》の学校《がっこう》の女《おんな》の子《こ》たちがぞろぞろとでてきた。これって、ひかりの学校《がっこう》？

「あれ、未来《みらい》ちゃん？」

のれんをかきわけ、私《わたし》の名前《なまえ》を呼《よ》んだ子《こ》がいた。

一瞬《いっしゅん》、だれ？　と思《おも》ったけれど、よくよく見《み》ると、大宮《おおみや》まりんさんだった。お風呂上《ふろあ》がりで、ポニーテールをおろしてイメージちがうから、わからなかった。

「あ、あ、」

ど、どうしよう、なにから話《はな》そう。

すると、大宮《おおみや》さんが肩《かた》にかけてるタオルのはしを持《も》ち、ぷっと吹《ふ》きだした。

「未来《みらい》ちゃんって、あたしと会《あ》うたびに『あ』とか『え』って顔《かお》してるよね」

そ、そりゃあ、私《わたし》にとっては、いつもひかりのそばにいる女《おんな》の子《こ》ってことで、意識《いしき》はしちゃうよ。

「でも、同《おな》じホテルなんて、すごい偶然《ぐうぜん》だよね。ひかりになんか言《い》っておく？」

それは大宮《おおみや》さんからのまさかの助《たす》けだった。

けど、ひかりへのメッセージなんて急《きゅう》に思《おも》いつかないよ。

どうしよう、なんて伝《つた》えてもらおう？

これだって伝言《でんごん》が思《おも》い浮《う》かばないでいると、静香《しずか》が言《い》いだした。

「大宮《おおみや》さん。だったら、ひかりにこう言《い》っておいて」

静香《しずか》、なんだか、すごい剣幕《けんまく》なんだけど！

「大木《おおき》ひかり！　いきなり文通《ぶんつう》やめるってどういうことだ！　未来《みらい》がどれだけ傷《きず》ついたかわかっているのか！　うちらの部屋《へや》は東館《ひがしかん》の４０１だ。いいか、ファイターズのキャプテンやるなら、人《ひと》の気持《きも》ちをわかれ！」

言《い》い終《お》えたあと、静香《しずか》はぜーぜーと呼吸《こきゅう》を整《ととの》え、大宮《おおみや》さんはおどろいて目《め》をぱちくりさせていた。私《わたし》はと言《い》えば、予想外《よそうがい》の展開《てんかい》に、おたおたするだけだ。

「なによ、それ。ずいぶん、乱暴《らんぼう》な伝言《でんごん》だね」

大宮《おおみや》さんは肩《かた》にかけているタオルをにぎりしめ、さっさと歩《ある》きだしてしまった。

「そっちこそ、マネージャーなんだから、選手《せんしゅ》の教育《きょういく》、ちゃんとしろ〜！」

静香《しずか》は大宮《おおみや》さんの背中《せなか》にあっかんべーをした。

でも、はっとして、人差《ひとさ》し指《ゆび》を顔《かお》からはなす。

「あ、あれ？　未来《みらい》、うち、ひょっとして、なんか、未来《みらい》とひかりの仲《なか》を邪魔《じゃま》するようなことしちゃった？　え、え、ち、ちがうよ！　うちは未来《みらい》の気持《きも》ちをひかりに言《い》ってやりたかっただけだよ！」

「わかってるよ、静香《しずか》。ほら、早《はや》く、お風呂《ふろ》にはいって、例《れい》のシャンプーかして」

「う、うん」

そのあと、大浴場《だいよくじょう》で静香《しずか》といっしょに髪《かみ》を洗《あら》うと、甘《あま》いバラの香《かお》りが切《せつ》なかった。

さっきのこと、大宮《おおみや》さん、ひかりに伝《つた》えるのかな？

せっかく助《たす》け舟《ぶね》をだしてくれたんだから、いい伝言《でんごん》をさっさと思《おも》いつけばよかったのに。

私《わたし》って、そういうこと、いやになるぐらい、へたくそだよね。

それにしても、大宮《おおみや》さんってポニーテールほどくと、お風呂《ふろ》上《あ》がりだと、女《おんな》の子《こ》っぽくなるんだな。学習発表会《がくしゅうはっぴょうかい》でジュリエットを演《えん》じたときもかわいかったし。

こら、未来《みらい》。余計《よけい》なことは考《かんが》えない！　湯船《ゆぶね》の中《なか》で首《くび》をふった。

10章《しょう》 小《ち》さな白《しろ》いキセキ

お布団《ふとん》は部屋《へや》の右側《みぎがわ》に三《みっ》つ、左側《ひだりがわ》に四《よっ》つ、枕《まくら》がまんなかに七つといったふうにならべられた。

こうすると、7人《にん》、顔《かお》をよせ合《あ》いながらおしゃべりができるから。

左側《ひだりがわ》の四《よっ》つには、春野《はるの》さんたちが、右側《みぎがわ》の三《みっ》つには風見《かざみ》さん、静香《しずか》、私《わたし》が寝《ね》ころぶ。

就寝《しゅうしん》まで時間《じかん》があるので、みんな、しおりにある日記《にっき》のページに書《か》きこんだり、今日《きょう》、デジカメで撮《と》った写真《しゃしん》を見《み》せ合《あ》ったりしていた。

「ねえねえ、この東照宮《とうしょうぐう》で撮《と》った画像《がぞう》、心霊《しんれい》っぽくない？」

夏川《なつかわ》さんがそう言《い》うと、みんな、「キャー」とこわがりながらもデジカメに顔《かお》をよせる。

画面《がめん》の右《みぎ》はしに白《しろ》い光《ひかり》がかかっているけれど、単《たん》にぶれたんじゃないかな？

そのとき。

私《わたし》の視界《しかい》のすみに、まったく別《べつ》の白《しろ》いものがはいりこんできた。

それは、部屋《へや》のドアの下《した》と床《ゆか》のすきま。

もぞもぞと白《しろ》い封筒《ふうとう》が生《い》き物《もの》のようにはいりこんでくる。

え？ ひょっとして手紙《てがみ》？ 先生《せんせい》からとか？ それともとなりの部屋《へや》からとか？

でも、あんな、こそこそ、もぞもぞといれる必要《ひつよう》があるのかな？

ノックして、堂々《どうどう》とわたせばいいのに。

ふいに、さっきの、お風呂《ふろ》にはいるまえのことが思《おも》いだされた。

静香《しずか》が大宮《おおみや》さんに言《い》った、ひかりへの伝言《でんごん》。この部屋《へや》の番号《ばんごう》を言《い》っていたような。

考《かんが》えすぎかもしれないけれど、あのもぞもぞとした動《うご》きが私《わたし》にはひかりの心《こころ》のように思《おも》えてしまう。

ちくしょう、この封筒《ふうとう》、すっとはいらねえや。

ひかりの心《こころ》の声《こえ》が、聞《き》こえた気《き》がした。

私《わたし》は、だれにもばれないように、なにげなく立《た》ち上《あ》がり、封筒《ふうとう》をとろうとした。

さいわい、みんな、心霊画像《しんれいがぞう》に夢中《むちゅう》でドアの下《した》の出来事《できごと》なんてまったく気《き》づいていない。

静香《しずか》の足《あし》、そのとなりに寝《ね》ている風見《かざみ》さんを越《こ》えて、手紙《てがみ》をとるつもりだったんだけど。ドアの一番近《いちばんちか》くに寝《ね》ていた風見《かざみ》さんが、前下《まえさ》がりの髪《かみ》をゆらしながら、すっと立《た》ち上《あ》がり、封筒《ふうとう》を手《て》にしてしまった。

そして、そのまま、「おトイレいってくる」と、ドアをあけ、部屋《へや》の外《そと》にでていく。

あの手紙《てがみ》、ひかりが差《さ》しこんだんじゃなくて、青山君《あおやまくん》がってこと……！

ため息《いき》をつき、がっくりと肩《かた》を落《お》とす。

そうか、そうだったんだ、でも、ちょっと待《ま》って。

本当《ほんとう》に、青山君《あおやまくん》？　ひかりの可能性《かのうせい》は1パーセントもない？

「私《わたし》もトイレに行《い》ってくる」

そう言《い》って、部屋《へや》をでた。

だって、もし、ひかりからの手紙《てがみ》だったら、風見《かざみ》さんに読《よ》まれちゃうわけだし、とにかく、風見《かざみ》さんに聞《き》いて、たしかめてみよう。

それで、青山君《あおやまくん》からの手紙《てがみ》だったら、あきらめればいい。

廊下《ろうか》を歩《ある》くと、角《かど》から、風見《かざみ》さんがすっとでてきて目《め》があった。

風見《かざみ》さんは、すたすたと、私《わたし》のほうに歩《ある》いてくる。

そして、すぐ前《まえ》まで、やってくると、ほかに人《ひと》がいないことを確認《かくにん》して、パジャマのそでからすっと封筒《ふうとう》をだし、私《わたし》にわたしてくれた。

「前田《まえだ》さん、ごめんなさい。私《わたし》あてだとかんちがいしちゃったの。だれにも言《い》わないから、安心《あんしん》して」

はずかしそうにほほえみながら、風見《かざみ》さんは部屋《へや》にもどっていった。

1人残《ひとりのこ》され、そっと封筒《ふうとう》をのぞくと、ノートをひきちぎったような紙《かみ》がでてきた。

未来《みらい》へ
まりんから聞《き》いた。おれが電話《でんわ》で言《い》ったこと、おこってるのか？
そんなつもりじゃなかった。あわてて切《き》りすぎた。
修学旅行《しゅうがくりょこう》から帰《かえ》ったら、また、電話《でんわ》する。
気《き》になることもある。

ひかり

私《わたし》は、しつこいぐらいに、もう一度《いちど》だれも廊下《ろうか》にいないことを確認《かくにん》し、風見《かざみ》さんと同《おな》じようにパジャマのそでに封筒《ふうとう》をかくした。

そして、心《こころ》の中《なか》で、やった！　とガッツポーズをする。

そんなつもりじゃなかったんだ。また、電話《でんわ》くれるんだ。と、手紙《てがみ》の内容《ないよう》を心《こころ》の中《なか》でくりかえした。

ひかり、たぶん、大宮《おおみや》さんから聞《き》いて、あわててノートをひきちぎって書《か》いたんだろうね。

でも、封筒《ふうとう》がなくて、だれかがなにかいれていたのをかりたんじゃないかな？

だって、この封筒《ふうとう》、小銭《こぜに》とかがぎゅうぎゅうにつめられていたあとがあるもん。

廊下《ろうか》にはだれもいないけれど、どの部屋《へや》からも、就寝《しゅうしん》まえの大《おお》はしゃぎの声《こえ》が聞《き》こえてくる。

ひかりも今《いま》ごろ、枕《まくら》なげとかしているのかな？

やっぱり、失恋《しつれん》はおおげさだったんだと、ほっとした。

まずい、涙《なみだ》、でてきそう。

部屋《へや》にもどると、ちょうど、就寝《しゅうしん》の時間《じかん》となり、電気《でんき》を消《け》した。

ひかり、ここまで、届《とど》けるのに、勇気《ゆうき》いっただろうな。

旅行《りょこう》から帰《かえ》って電話《でんわ》をもらうまえに、自分《じぶん》から返事《へんじ》をだしたい。

でも、どうやって？

そして、ふと、さいごの文章《ぶんしょう》が頭《あたま》をかすめる。

気《き》になることもあるって書《か》いてあったけど、なんだろう？

ちょっと、逆《ぎゃく》にこっちが気《き》になって眠《ねむ》れないよと、1人《ひとり》、頭《あたま》の中《なか》でさわいでいると。

室内《しつない》の一番《いちばん》小《ち》さな電気《でんき》がついた。

「ねえねえ、もう寝《ね》ちゃうの？」

夏川《なつかわ》さんがうつぶせになり枕《まくら》をかかえ、みんなに呼《よ》びかける。

「ちょっと、つまんないかもね」

となりの静香《しずか》も亀《かめ》のように、うつぶせになり、7人《にん》とも、枕《まくら》をかかえ、頭《あたま》をよせ合《あ》う。

「せっかくの修学旅行《しゅうがくりょこう》だもんね。ふだん話《はな》せないこと、話《はな》そうよ」

冬野《ふゆの》さんが言《い》いだすと、静香《しずか》もうんうんと、そのむこうの風見《かざみ》さんも頭《あたま》を動《うご》かしたように見《み》えた。

私《わたし》は、半分《はんぶん》、わくわくし、残《のこ》り半分《はんぶん》で、いやな予感《よかん》がした。

女《おんな》の子《こ》が7人《にん》集《あつ》まって、ふだんは話《はな》せないことって、自然《しぜん》と内容《ないよう》がしぼられてくる。

しかも、そこに夏川《なつかわ》さんたちがまじっているというのが、どうも気《き》になっちゃって。

この子《こ》たちって「絶対《ぜったい》にだれにも言《い》わない」って言《い》いながら、学校中《がっこうじゅう》に人《ひと》のひみつをばらまいていくところがあるから。

本人《ほんにん》たちに悪気《わるぎ》はないんだろうけど、そこをふまえてつきあっていかないと、こっちがむだに傷《きず》ついちゃう。

「じゃあ、ずばり、前田《まえだ》さんに聞《き》いちゃうけど、龍斗《りゅうと》とどうなっているんですか？」

目《め》の前《まえ》の夏川《なつかわ》さんと暗《くら》がりのなか目《め》があった。

秋山《あきやま》さん、鈴木春《すずきはる》さんも、「そこ一番気《いちばんき》になる」と身《み》をのりだしてくる。

しまった！　つかまっちゃったよ。

「え、え、だまっちゃうってことはやっぱり、そうなの？」

「そんなんじゃないよ」

とっさにそれだけを口《くち》にできた。

でも、目《め》の前《まえ》の４人《にん》は、それだけじゃ気《き》がすまないみたいで、「でも、龍斗《りゅうと》は前田《まえだ》さんが好《す》きなんじゃない？」「前田《まえだ》さんは、好《す》きな人《ひと》いないの？」「合唱《がっしょう》のとき、おにあいだったけど」と勝手《かって》にどんどんと口《くち》を動《うご》かしていく。

私《わたし》は、この４人《にん》の次々《つぎつぎ》とだしてくる質問《しつもん》より、今《いま》、この瞬間《しゅんかん》、ものすごく気《き》になっていることがあった。

となりの静香《しずか》だ。視線《しせん》をおとし、一点《いってん》を見《み》つめている。

さっさと、このさわぎをおさめたいけれど、なんて答《こた》えればいいんだろう？

気《き》ばかりあせってどうしていいかわからないよ。

すると、思《おも》わぬ人《ひと》の声《こえ》が聞《き》こえてきた。

「前田《まえだ》さんは、ちがうよ。絶対《ぜったい》にちがう」

静香《しずか》のむこうに寝《ね》ている風見《かざみ》さんだった。

「ええ。なんで。風見《かざみ》さん、断言《だんげん》できちゃうの？」

秋山《あきやま》さんがすかさず聞《き》く。

「私《わたし》にはわかるの。断言《だんげん》できる」

風見《かざみ》さんが答《こた》えると、夏川《なつかわ》さんが「それって風見《かざみ》さんのお母《かあ》さんのもう一《ひと》つの顔《かお》に関係《かんけい》していること？」と大《おお》きな声《こえ》をだした。

残《のこ》り3人《にん》が「し〜！」「それは聞《き》いちゃだめだよ」と、夏川《なつかわ》さんをおさえこむ。

私《わたし》たちのクラスには、ちょっとした暗黙《あんもく》のルールがあった。

風見《かざみ》さんのお母《かあ》さんはピアノ教室《きょうしつ》をひらいているんだけど、そこで、微妙《びみょう》なうわさがあって、なんでも、風見《かざみ》さんのお母《かあ》さんは前世《ぜんせ》とか人《ひと》の本心《ほんしん》がみえてしまうとか。

紫苑《しおん》っていう名前《なまえ》も、そういうことに関係《かんけい》あるとか、ないとか。

でも、どこまで本当《ほんとう》かわからないし、風見《かざみ》さんもおとなしい子《こ》だから、なんとなく、だれも聞《き》かないでおこうね、ってことになっていたんだけど。

「ふふ、そうかもね」

風見《かざみ》さんがいたずらっぽく笑《わら》うと、話題《わだい》は、あっという間《ま》に龍斗《りゅうと》のことから風見《かざみ》さんのお母《かあ》さんにうつりだした。

「うちのママかわってるから」

風見《かざみ》さんは、うわさを肯定《こうてい》もしなければ否定《ひてい》もしない。それがなおさら、夏川《なつかわ》さんたちをひきつける。

まるで、夏川《なつかわ》さんたちがピアノの鍵盤《けんばん》で、風見《かざみ》さんの指《ゆび》であやつられているみたい。

しかも、風見《かざみ》さんのしゃべりかたってオルゴールのようにゆっくりなリズムで、心地《ここち》がいいものだから、気《き》がついたら、みんな、あくびをしたり、目《め》をとじていた。

私《わたし》もうとうとしだし、風見《かざみ》さんは私《わたし》をかばってくれたのかも、明日《あした》、お礼《れい》を言《い》わないとなんて考《かんが》えながら眠《ねむ》りにおちていった。

それから、どのくらいの時間《じかん》が経《た》ったのだろう。とつぜん、なにかにつかれたように目《め》が覚《さ》めた。
部屋《へや》はしんとしていて、まっくらで、みんなの寝息《ねいき》が聞《き》こえてくる。
なんだ、まだ、夜中《よなか》かと、布団《ふとん》をひっぱると寝《ね》ぼけまなこのなか、なにかがおかしい、
ううん、たりないと感《かん》じた。
となりを見《み》ると、そこに寝《ね》ているはずの静香《しずか》がいない！
寝《ね》ぼけてだれかの布団《ふとん》にはいってしまったんじゃないかと、部屋《へや》の中《なか》を見《み》わたした。
でも、静香《しずか》はこの部屋《へや》のどこにもいなかった。

11章《しょう》　真夜中《まよなか》の告白《こくはく》

ほかの子《こ》を起《お》こさないように、そっと部屋《へや》をでると、廊下《ろうか》には常夜灯《じょうやとう》と、非常口《ひじょうぐち》と書《か》れている緑《みどり》と白《しろ》の看板《かんばん》がひっそりと光《ひか》っているだけだった。

こわくて、本当《ほんとう》に幽霊《ゆうれい》がいるかもと、かすかに体《からだ》がふるえる。

静香《しずか》、幽霊《ゆうれい》に連《つ》れられて、どこかに行《い》っちゃったとか？

まさかと首《くび》をふり、とにかく、トイレに行《い》ってみることにした。

そこに、静香《しずか》がいれば「やだあ、びっくりさせないでよ」って笑《わら》っておわり。

でも、もし、いなかったら、どうすればいいんだろう？

女子《じょし》トイレのドアをあけると、暗《くら》かった。

小《ちい》さな窓《まど》から、月明《つきあ》かりがもれ、タイルのひびをうつしだし、心臓《しんぞう》が縮《ちぢ》み上《あ》がりそうになる。

あわてて電気《でんき》のスイッチをさがし、つけた。

「静香《しずか》、いる？」

自分《じぶん》の声《こえ》がタイルでできた壁《かべ》に小《ちい》さく反響《はんきょう》し、すごく心細《こころぼそ》い。

静香《しずか》からの返事《へんじ》はなく、姿《すがた》も見《み》えない。

トイレをでて、さて、どうしよう？　と一呼吸《ひとこきゅう》した。

本当《ほんとう》なら、先生《せんせい》に知《し》らせに行《い》くべきなんだけど。

就寝《しゅうしん》まえのおしゃべりで、静香《しずか》が枕《まくら》をかかえながら一点《いってん》を見《み》つめていたあの横顔《よこがお》が気《き》になる。

すると、廊下《ろうか》の奥《おく》、階段《かいだん》のあたりの床《ゆか》に黒《くろ》い小《ちい》さな影《かげ》がうつっていた。

幽霊《ゆうれい》じゃないよね？　自分《じぶん》で自分《じぶん》に言《い》い聞《き》かせながら、ゆっくりと近《ちか》づいていくと、そこに、静香《しずか》がうずくまっていた。

「静香《しずか》？」

声《こえ》をかけると、うずくまっていた静香《しずか》がふりむき、あわてて目《め》をこすりだした。

その拍子《ひょうし》に静香《しずか》がにぎっていた小《ちい》さなものが、５、６段《だん》ある階段《かいだん》をポン、ポン、ポンと、ころげ落《お》ちていく。

「あ！」

静《しず》香《か》は、踊《おど》り場《ば》で止《と》まったその小《ちい》さなものを追《お》いかけ、拾《ひろ》いあげた。

私《わたし》も、静《しず》香《か》を追《お》いかける。

静《しず》香《か》の手《て》の中《なか》にあったのは、わんぱ君《くん》という遊《ゆう》園《えん》地《ち》のキャラクターマスコットだった。

その遊《ゆう》園《えん》地《ち》は、私《わたし》、静《しず》香《か》、龍《りゅう》斗《と》、ひかりで行《い》った場《ば》所《しょ》で。

そのマスコットは、アトラクションでだされた課《か》題《だい》をクリアできると、もらえるもので。

私《わたし》はひかりと、静《しず》香《か》は龍《りゅう》斗《と》と挑《ちょう》戦《せん》し、私《わたし》たちはクリアできなかったけれど、静《しず》香《か》たちはわんぱ君《くん》をもらうことができたんだ。

静《しず》香《か》、それを、修《しゅう》学《がく》旅《りょ》行《こう》にまで持《も》ってくるなんて、しかも、こんな真《ま》夜《よ》中《なか》に、1人《ひとり》で、手《て》の上《うえ》にのせているなんて。

「へ、へへへ」

静《しず》香《か》がなにもなかったように、パジャマのそでで涙《なみだ》をふき、笑《わら》った。

私《わたし》もつられるように笑《わら》う。

「夏川《なつかわ》さんたち、ちょっと、しつこかったよね」

「あのさ、未来《みらい》」

「うん」

「もう、ばれてると思《おも》うんだけど」

「うん」

「まえにさ、学習発表会《がくしゅうはっぴょうかい》の、合唱《がっしょう》の本番《ほんばん》の、まえの日《ひ》にさ、未来《みらい》にはいつか話《はな》すって言《い》ったんだけど」

「うん」

「うち、うちさ、」

「うん」

自分《じぶん》で自分《じぶん》に「うん」以外《いがい》、言《い》えないのってつっこんでしまう。

でも、ほかの言葉《ことば》が思《おも》いつかない。

「うち、龍斗《りゅうと》が好《す》きなんだ」

静香《しずか》は手《て》の中《なか》のわんぱ君《くん》を見《み》つめながら、口《くち》にした。

やっぱり……。

たぶんとは思《おも》っていたけれど、たぶんと思《おも》うのと、本人《ほんにん》から、はっきりと聞《き》いてしまうのとではぜんぜんちがう。

「ほら、遊園地《ゆうえんち》で、未来《みらい》とひかりと、うちと龍斗《りゅうと》で観覧車《かんらんしゃ》乗《の》ったでしょ。あのとき、龍斗《りゅうと》がちょっと強引《ごういん》に、未来《みらい》とひかりを同《おな》じゴンドラに乗《の》せたじゃない」

「うんうん」

静香《しずか》が壁《かべ》にもたれながら、ずるずると、座《すわ》りはじめたので、私《わたし》も横《よこ》に体育座《たいいくずわ》りをする。

それは、これから、話《はなし》は長《なが》くなるよ、ずっとつきあうよ、というおたがいの合図《あいず》でもあった。

「あのとき、龍斗《りゅうと》、『悪《わる》かったたな、おれと強引《ごういん》に2人《ふたり》にさせちゃって』ってうちにあやまってきたんだ。そのあと、うちに気《き》をつかいながら、『おれたちの家《いえ》ってどっちの方向《ほうこう》かな』とか、『静香《しずか》の服《ふく》っていつも自分《じぶん》で選《えら》んでいるの』って会話《かいわ》を盛《も》りあげてくれて。うちって、男子《だんし》に気《き》をつかわれたこととかないからさ、はじめはとまどっていたんだけど、なんか、うちも女《おんな》の子《こ》なのかなってへんな気持《きも》ちになってきて」

静香《しずか》は、とまどいながらも、でも、ひとことひとこと、しっかりと語《かた》ってくれる。

その横顔《よこがお》は、はっとするぐらいに、かわいかった。

静香《しずか》は、本当《ほんとう》は美少女《びしょうじょ》なのに、おもしろいことを言《い》いすぎるせいで、まわりはあまり気《き》づいていない。

けど、今《いま》の静香《しずか》は、女《おんな》の子《こ》らしさとか、はじらいとかがあって、私《わたし》の知《し》らなかったかわいらしさで満《み》ちあふれていて、どきどきしてくるんだけど。

「このわんぱ君《くん》をくれたアトラクション、まっくらでこわい館《やかた》で、紙《かみ》テープで手《て》をつながれたじゃん。龍斗《りゅうと》、うちの歩幅《ほはば》に合《あ》わせて、一歩一歩《いっぽいっぽ》進《すす》んでくれて、そのおかげでゴールできたようなもんなのに、『静香《しずか》のおかげでうまくいったな』って、うちに、これをあたりまえのようにわたしてくれてさ。それ以来《いらい》、龍斗《りゅうと》がハワイの夜空《よぞら》になっちゃって」

「ハ、ハワイの夜空《よぞら》？」

急《きゅう》に飛《と》びでてきた言葉《ことば》にびっくりする。

「うち、今年《ことし》の夏《なつ》に、ハワイ行《い》ったじゃん。ハワイの夜空《よぞら》って、うちらの住《す》んでる町《まち》とはぜんぜんちがうんだ。うちや未来《みらい》の家《いえ》からは星《ほし》なんて、数《かぞ》えられるぐらいしか見《み》えないけれど、ハワイは、だれかが空《そら》に星《ほし》をばらまいたんじゃないかってぐらいにたくさんあって、きらきらしていて。クラスの男子《だんし》はみんな、うちから見《み》えるしょぼい夜空《よぞら》だけど、龍斗《りゅうと》は……ハワイなんだ」

静香《しずか》の瞳《ひとみ》こそハワイの夜《よる》なんじゃないかと思《おも》うほど、きらきらとしゃべり続《つづ》けている。

人《ひと》はだれかを好《す》きになると詩人《しじん》になるって聞《き》いたことがあるけれど、それは、今《いま》の静香《しずか》のためにある言葉《ことば》かもしれない。

「引《ひ》っ越《こ》し屋《や》さんが龍斗《りゅうと》の家《いえ》に来《き》ちゃったのを、うちが、たまたま見《み》ちゃって、龍斗《りゅうと》が引《ひ》っ越《こ》すってかんちがいしたときあったじゃん？　うち、あのとき、すごくあわてたんだ。夢中《むちゅう》で未来《みらい》の家《いえ》に走《はし》って、その途中《とちゅう》、龍斗《りゅうと》ともう会《あ》えなくなっちゃう？　どうしよう、どうしようって、うちもあの引《ひ》っ越《こ》し屋《や》さんのトラックに乗《の》っちゃおうかとかまで考《かんが》えて、それって、好《す》きなんじゃないかって」

ハンマーで頭《あたま》をたたかれた気《き》がした。

あのとき、私《わたし》に、龍斗《りゅうと》の家《いえ》に引《ひ》っ越《こ》し屋《や》さんがいるって知《し》らせに来《き》た静香《しずか》は、ふつうじゃなかった。

親友《しんゆう》だったら、そのときに気《き》づいたはずだ。

あのとき、私《わたし》は、ひかりとの待《ま》ち合《あ》わせの直前《ちょくぜん》で、自分《じぶん》のことしか頭《あたま》になくて。

「そっか、そうだったんだ。ああ、鈍《にぶ》いなあ、私《わたし》」

自分《じぶん》で自分《じぶん》の頭《あたま》をぽんぽんとたたき、言葉《ことば》を続《つづ》けた。

「結局《けっきょく》、静香《しずか》に支《ささ》えられてばかりで、静香《しずか》の気持《きも》ちに気《き》づいてあげられないなんて、はずかしいよ」

「そうだねえ、ちょっと鈍《にぶ》いかもね」

静香《しずか》が、わんぱ君《くん》の鼻《はな》で私《わたし》のほっぺや肩《かた》をつんつんとつついてきた。

「やだ、くすぐったい」

私《わたし》が笑《わら》うと、つつきながらこう言《い》ってきた。

「でも、うちも自分《じぶん》の気持《きも》ちにはっきりと気《き》づいたのは最近《さいきん》だし、それに、未来《みらい》が鈍《にぶ》くて助《たす》かったかも。だって、龍斗《りゅうと》は未来《みらい》のこと大好《だいす》きだし」

わんぱ君《くん》のつんつん攻撃《こうげき》がじょじょに止《と》まり、真夜中《まよなか》の踊《おど》り場《ば》がしんと静《しず》まった。

「それは、むかしの話《はなし》でさ」

「わかってるよ。未来《みらい》は、はっきりと龍斗《りゅうと》に断《ことわ》ったし、ひかりが好《す》きだってことは。でもさ、龍斗《りゅうと》は、いつも未来《みらい》を見《み》ているよ。うちが龍斗《りゅうと》を見《み》ると、龍斗《りゅうと》はいつも未来《みらい》を見《み》ている。そして、いつも未来《みらい》は、そばにはいないひかりを心《こころ》で追《お》っている。さがしている」

「静香《しずか》……」

としか、言《い》えなかった。

ここから先《さき》は、へたな気休《きやす》めみたいなことは言《い》えない。ううん、言《い》いたくない。

その場《ば》しのぎのまぬけな言葉《ことば》で、静香《しずか》を失《うしな》いたくない。

「うちね、時々《ときどき》、本当《ほんとう》に時々《ときどき》だよ。未来《みらい》のばかたれって心《こころ》の中《なか》でつぶやいているんだ。未《み》来《らい》はなんにも悪《わる》くないってわかっているんだよ。でも、龍斗《りゅうと》が未来《みらい》を見《み》ていると、未来《みらい》のばかたれって思《おも》っちゃう自分《じぶん》がいるんだよ。うち、本当《ほんとう》は悪《わる》いやつなのかも」

静香《しずか》は、わんぱ君《くん》を見《み》つめながら目《め》にいっぱい涙《なみだ》をためていた。

「静香《しずか》が悪《わる》い子《こ》だったら、地球上《ちきゅうじょう》の人間《にんげん》、みんなものすごく悪《わる》い人《ひと》だよ」

「え？　そうかな」

「そうだよ。みんな、だれかを好《す》きになると、面倒《めんどう》くさい自分《じぶん》がにょろにょろでてくるんだよ」

「なによ、恋《こい》の先輩《せんぱい》みたいなこと言《い》っちゃって」

「そりゃ、静香《しずか》より、一年《ねん》ぐらい先輩《せんぱい》だよ」

静香《しずか》が笑《わら》いながら「このやろう」とまたわんぱ君《くん》でつついてきたので、私《わたし》も笑《わら》いながら、わんぱ君《くん》の鼻《はな》を指《ゆび》でつついた。

「いいね、キミは、静香《しずか》といつもいっしょで。日光《にっこう》まで連《つ》れてきてもらえて。ほかの子《こ》だったら、机《つくえ》の奥《おく》にしまわれたままだよ」

すると、静香《しずか》が私《わたし》の髪《かみ》に鼻《はな》を近《ちか》づけてくる。

「未来《みらい》、うちの髪《かみ》と同《おな》じ、大人《おとな》のゴージャスなにおいがする」

「これ、本当《ほんとう》にいいにおいだね。自分《じぶん》で、わかるもん。でも、大人《おとな》といえば、風見《かざみ》さんはすごい！」

「うちも思《おも》った。おとなしい優等生《ゆうとうせい》かと思《おも》っていたら、青山君《あおやまくん》とあんな大胆《だいたん》なことしているし、寝《ね》るまえも、さわぎの静《しず》めかたが魔法使《まほうつか》いみたいだった！」

静香《しずか》は興奮《こうふん》してしゃべりだし、それは、私《わたし》が知《し》っているいつもの静香《しずか》だった。

ひかりから手紙《てがみ》が部屋《へや》に届《とど》き、それを風見《かざみ》さんが受《う》けとってしまったことも話《はな》すと、さらにテンションがあがり、真夜中《まよなか》のおしゃべりは終《お》わることがなかった。

12章《しょう》　私《わたし》たちにしかわからない合図《あいず》

翌朝《よくあさ》。

まだ、眠《ねむ》くて仕方《しかた》ないのに、あくびをしながら、順番《じゅんばん》に洗面《せんめん》をすませ、服《ふく》に着《き》がえる。

「未来《みらい》、うち、眠《ねむ》い」

布団《ふとん》をたたんでいると、静香《しずか》が耳《みみ》もとでささやいてきた。

昨夜《さくや》は、ふたりで盛《も》りあがりすぎちゃった！

でも、私《わたし》たちが寝不足《ねぶそく》だろうとなんだろうと、起床時間《きしょうじかん》は決《き》まっているし、しかも、これから、朝《あさ》の軽《かる》い散歩《さんぽ》なんだよね。

部屋《へや》をでると、廊下《ろうか》にはたくさんの生徒《せいと》がぞろぞろと玄関《げんかん》に移動《いどう》していき、私《わたし》たちもそこにまじる。

途中《とちゅう》、静香《しずか》とずっと話《はな》しこんでいた踊《おど》り場《ば》を通《とお》り、おたがい、こっそりと笑《わら》いあいながら合図《あいず》した。

ひかりからの手紙《てがみ》も心《こころ》をぎゅっとつかまれるぐらいの喜《よろこ》びがあったけれど、昨夜《さくや》の静香《しずか》との夜《よる》はそれとはちがううれしさがあった。

中学生《ちゅうがくせい》になっても、高校生《こうこうせい》になっても、大人《おとな》になっても忘《わす》れないでいたい。安奈先生《あんなせんせい》が私《わたし》のことをかがやいた人生《じんせい》を送《おく》ってるって言《い》ってくれたときは、おおげさだよって思《おも》ったけれど、本当《ほんとう》かも。

そう思《おも》うと、なぜだか、急《きゅう》にお母《かあ》さんの顔《かお》が思《おも》いだされた。

お母《かあ》さん、産《う》んでくれてありがとう。

なんて、とうとつに思《おも》っちゃったんだけど。私《わたし》って、調子《ちょうし》いいのかな？

「前田《まえだ》さん、楽《たの》しそうね、どうしたの？」

風見《かざみ》さんが話《はな》しかけてくる。

「あ、ご、ごはんのまえのおさんぽっていいよね」

笑《わら》ってごまかしていると、玄関《げんかん》わきの植《う》えこみに生《は》えているペンタスと目《め》があった。

この花《はな》を見《み》るとどうしてもひかりを思《おも》いだしてしまう。

ひかりに、返事書《へんじか》きたいな、旅行《りょこう》から帰《かえ》ってからじゃなく、今《いま》すぐに。

ひょっとして、ひかりの学校《がっこう》も、朝《あさ》の散歩《さんぽ》をするんじゃないかと思《おも》ったけれど、うちの学校《がっこう》の生徒《せいと》しか歩《ある》いていない。

高原《こうげん》だから、空気《くうき》はおいしいし、山《やま》もたくさん見《み》えて、気持《きも》ちはいいけれど、ひかりに返事《へんじ》を書《か》いてわたす方法《ほうほう》はないかなと、どうしてもそこに頭《あたま》がいっちゃう。

そして、散歩《さんぽ》が終《お》わり、ホテルにもどろうと、またペンタスの前《まえ》を通《とお》りかかったとき。

すごくいいことを思《おも》いついた！

これは、絶対《ぜったい》にひかりに伝《つた》わる！

靴《くつ》のひもをむすびなおすふりをして、ペンタスのそばにしゃがむ。

そのすきに、人差《ひとさ》し指《ゆび》でペンタスのそばにサッカーボールの絵《え》を描《か》いた。

きっと、ひかりも、このペンタスに気《き》づいているはず！

けれど、サッカーボールってむずかしい。これじゃ、まるの中《なか》に五角形《ごかっけい》がいくつか描《か》かれてあるってだけで、わかるかな？

「どうした、前田《まえだ》」

ほとんどの子《こ》が館内《かんない》にはいってしまい、若林先生《わかばやしせんせい》がこっちにやってこようとしている。

「ひ、ひもがゆるんだだけです」

あせって立《た》ち上《あ》がり、先生《せんせい》といっしょに、ホテルにはいった。

ひかり、気《き》づいてくれるかな？　へたくそすぎてだめかな？

朝食《ちょうしょく》は、ロールパンにライ麦《むぎ》パン、オムレツ、サラダ、コンソメスープ、フルーツヨーグルトと、豪華《ごうか》で、みんな大喜《おおよろこ》びだ。

私《わたし》も、どのおかずもしっかりおなかにおさめていく。

さっきあわてて描《か》いた、サッカーボール、ひかり気《き》づいてくれるかな、気《き》づいたとしても、サッカーボールだって、わかるかなと、パンをちぎって口《くち》にいれたときだった。

え？　体《からだ》が熱《あつ》い？　ごはん食《た》べて体温《たいおん》があがったから？　それとも……。

「くしゅん！」

となりの静香《しずか》がくしゃみをし、私《わたし》の袖《そで》をひっぱり、耳《みみ》もとでささやく。

「未来《みらい》、昨日《きのう》のあの場所《ばしょ》、寒《さむ》くなかった？　風邪《かぜ》ひかなかった？　うち、やばいかも」

たしかに、寒《さむ》かった。

でも、話《はなし》に夢中《むちゅう》で、気《き》にしないようにしていた。

私《わたし》は、なにげなく、自分《じぶん》のひじやひざ、痛《いた》くなりそうな関節《かんせつ》を確認《かくにん》した。

お願《ねが》い、明日《あした》には帰《かえ》るんだから、もうちょっと元気《げんき》でいさせて！　と神様《かみさま》に祈《いの》る。

すると、むかいの龍斗《りゅうと》が言《い》ってきた。

「静香《しずか》、目《め》が赤《あか》くてくしゃみしているけど、杉《すぎ》の木《き》のアレルギーか？」

「え……、そ、そうかな。東照宮《とうしょうぐう》行《い》ってから、くしゃみでちゃうんだよね。へ、へへ」

静香《しずか》はいきなりの龍斗《りゅうと》の発言《はつげん》に動揺《どうよう》し、フルーツヨーグルトをしつこいぐらいに、スプーンでまぜだした。

静香《しずか》にしてみれば、まさか、昨日《きのう》の夜《よる》、龍斗《りゅうと》のことで何時間《なんじかん》も踊《おど》り場《ば》にいたんだよ、とは言《い》えない。

でも、龍斗《りゅうと》が自分《じぶん》を気《き》にかけてくれたってことがうれしいんだ。それが、私《わたし》には痛《いた》いほど、伝《つた》わってきた。

静香《しずか》が龍斗《りゅうと》を好《す》きなことは、うすうす気《き》づいていたけれど、もしそうだとしたら、龍斗《りゅうと》はそこに気《き》づいているのかなって、ずっと疑問《ぎもん》だった。

龍斗《りゅうと》の涼《すず》しい顔《かお》を見《み》ていると、たぶん、気《き》づいていないと思《おも》うんだけど、ああ、でも、龍斗《りゅうと》だったら、気《き》づいていて気《き》づかないふりとか、できちゃいそう。

だめだ、わからない。

ひかりはどう思《おも》う？

今《いま》ごろ、となりの部屋《へや》で、壁《かべ》のむこうで、朝《あさ》ごはん食《た》べているの？

食後《しょくご》は各自部屋《かくじへや》にもどり、身《み》じたくをして、戦場ヶ原《せんじょうがはら》に出発《しゅっぱつ》となった。

ひかりの学校《がっこう》は、今日《きょう》はどこに行《い》くんだろう？　旅行中《りょこうちゅう》はもう会《あ》えないのかな？

ところが、ホテルの玄関《げんかん》をでて、バスが待《ま》っている駐車場《ちゅうしゃじょう》にむかう途中《とちゅう》、予想《よそう》もしなかったサプライズプレゼントが私《わたし》を待《ま》ち受《う》けていた。

植《う》えこみに咲《さ》いているペンタス。

その根《ね》もとの土《つち》に、私《わたし》の描《か》いたいびつなサッカーボールのとなりに……。

三日月《みかづき》が描《か》かれてあった！

私《わたし》はすぐに思《おも》いだした。ひかりと、植物園《しょくぶつえん》でペンタスを見《み》たときに、私《わたし》がつけていたのが三日月《みかづき》のネックレスってことを。

まちがいない！　ひかり、サッカーボールに気《き》づいてくれたんだ！

これは、未来《みらい》が描《か》いたんだろ！　ってひかりからのメッセージだ。

戦場ヶ原《せんじょうがはら》まで届《とど》くような大《おお》きな声《こえ》をだしたかったけど、ぎゅっとこらえる。

あふれるほどの喜《よろこ》びを体《からだ》のおくに閉《と》じこめるって、なんて、くすぐったいんだろう。

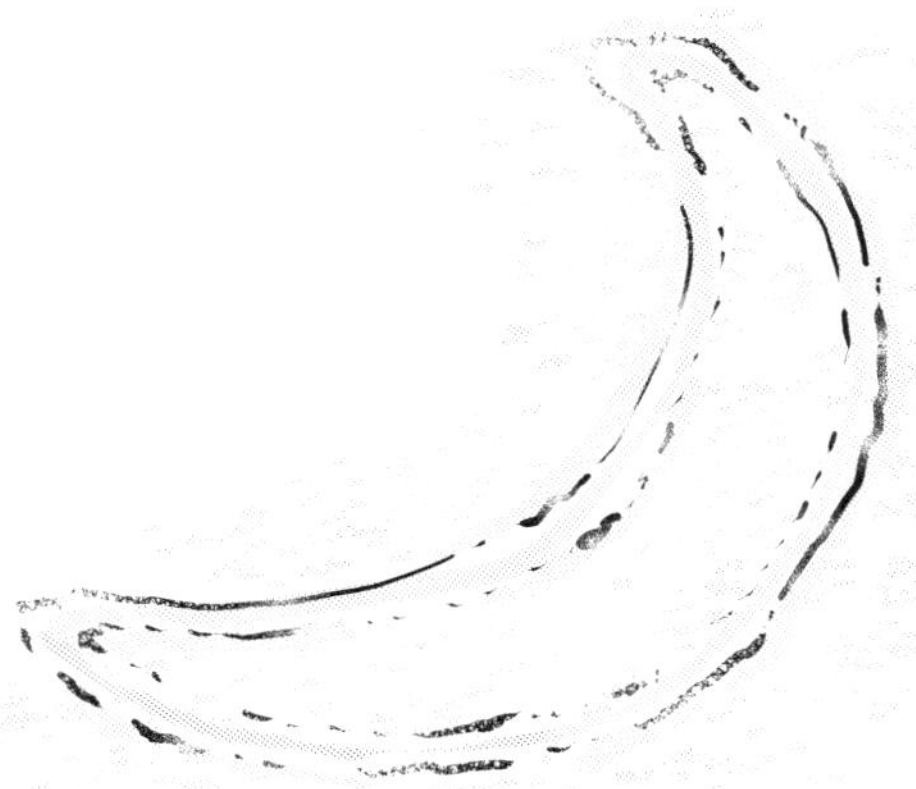

ものすごくうれしいときって、飛《と》んだり跳《は》ねたり、笑《わら》ったりするものだと思《おも》っていたけれど、こんなにもうずうずするなんて！

駐車場《ちゅうしゃじょう》にひかりたちの学校《がっこう》のバスはもうなかった。

どこかに出発《しゅっぱつ》するまえに、三日月《みかづき》を描《か》いてくれたんだね。ありがとう、ひかり！

13章《しょう》 秘《ひ》めたる想《おも》い ～戦場《せんじょう》ヶ原《がはら》にて～

「これから、戦場《せんじょう》ヶ原《がはら》でのトレッキングをはじめる。あいにくのくもり空《ぞら》だが、雨《あめ》が降《ふ》りだしたら、すぐにレインコートをはおること。それと、国語《こくご》で来月《らいげつ》から勉強《べんきょう》する『森《もり》へ』という作品《さくひん》の舞台《ぶたい》は、まさに、この戦場《せんじょう》ヶ原《がはら》のような場所《ばしょ》だ。目《め》にやきつけておけ。ゴールは湯滝《ゆだき》という滝《たき》だが、お湯《ゆ》の滝《たき》じゃないぞ。冷《つめ》たい水《みず》の滝《たき》だからな」

バスをおりると、赤沼茶屋《あかぬまちゃや》というロッジの前《まえ》で、若林先生《わかばやしせんせい》からの説明《せつめい》があった。

先生《せんせい》の冗談《じょうだん》に、みんな、どっと笑《わら》う。

「ふふ、トレッキングなんてわくわくするね」

風見《かざみ》さんに話《はな》しかけると、きょとんとされた。

「え？　なにかへんなこと言《い》った？」

「ううん。前田《まえだ》さん、目《め》がきらきらしているから、びっくりしただけ」

どきりとした。

ひかりにサプライズされて喜《よろこ》んだこと、思《おも》いきり、顔《かお》にでている？

よく静《しず》香《か》に未《み》来《らい》は顔《かお》にでやすいって言《い》われるけれど、やっぱり、そうなんだ。

みんなが歩《ある》きだしたのでついていくと、静《しず》香《か》、龍《りゅう》斗《と》、青山君《あおやまくん》の3人《にん》で話《はな》していて、少《すこ》し離《はな》れたうしろに、なんとなく、私《わたし》と風《かざ》見《み》さんがならんでしまった。

赤沼茶屋《あかぬまちゃや》から2、30メートル歩《ある》いただけで、景《け》色《しき》ががらりとかわった。

どこまでも、たくさんの木《き》が生《お》い茂《しげ》っていて、その間《あいだ》に、道《みち》ができている。

歩《ある》くたびに土《つち》を踏《ふ》みしめる感触《かんしょく》が靴底《くつぞこ》から伝《つた》わり、緑《みどり》の香《かお》りで、肺《はい》の中《なか》がいっぱいになってきた。先《せん》生《せい》の言《い》ったとおり、「森《もり》」って表現《ひょうげん》がぴったり。

「すてき、妖《よう》精《せい》がいそう」

風《かざ》見《み》さんがふっと言《い》った。

「そうだね。いそうだね。あ、ねえ、昨日《きのう》はありがとう。手《て》紙《がみ》のこととか、寝《ね》るまえとか」

声《こえ》を小《ち》さくすると、風《かざ》見《み》さんもあわせてくれる。

「どういたしまして。ねえ、うちの学校《がっこう》の子《こ》じゃないよね」

風見《かざみ》さんは、そのあとにひ・か・りと声《こえ》をださずに口《くち》だけ動《うご》かす。

そっか、名前《なまえ》まで読《よ》まれちゃったんだ。

「う、うん。ホテルは偶然《ぐうぜん》いっしょだったけど」

「ホテルで会《あ》ったの？　それとも、そのまえから？」

「ええとね、ずっとまえに会《あ》ったんだけど、学校《がっこう》がちがうから、なかなかね」

ふと、遊覧船《ゆうらんせん》で青山君《あおやまくん》と手《て》をつないでいたことを思《おも》いだし、風見《かざみ》さんがうらやましくなってしまった。

「でも、手紙《てがみ》の内容《ないよう》からすると、すごく仲《なか》よさそう」

「ぜんぜん。手紙《てがみ》とか電話《でんわ》で時々《ときどき》やりとりするのがせいいっぱい。遠距離片思《えんきょりかたおも》いなの」

「えんきょりかたおもい」

風見《かざみ》さんが確認《かくにん》するようにゆっくりとくりかえすと、はっと我《われ》にかえった。

昨日《きのう》の手紙《てがみ》の返事《へんじ》も、三日月《みかづき》も、私《わたし》にとっては、こんなうれしいことはないってぐらいハッピーなことだけど、よく考《かんが》えたら、私《わたし》の片思《かたおも》いはなに一《ひと》つ進展《しんてん》していない。

風見《かざみ》さんと青山君《あおやまくん》を見《み》ていると、小《ちい》さなことではしゃいでいる自分《じぶん》が、急《きゅう》にむなしく思《おも》えてきてしまった。

「あのさ、昨日《きのう》の手紙《てがみ》、青山君《あおやまくん》からだと思《おも》ったの？」

小《ちい》さな声《こえ》で聞《き》くと、風見《かざみ》さんはあっけらかんと「あ、ばれた？」と答《こた》えてくれた。

「見《み》てればわかるよ。いいね、仲《なか》よくて」

「私《わたし》、青山君《あおやまくん》といると、すごいおしゃべりになるの。うるさいってぐらいに」

風《かぜ》がふき、風見《かざみ》さんの髪《かみ》がなびく。

私《わたし》の知《し》らない幸《しあわ》せを知《し》っている横顔《よこがお》だった。

風見《かざみ》さんは、青山君《あおやまくん》とおつきあいをしているってことで、私《わたし》が足《あし》をふみいれたことのない世界《せかい》に、もういるんだな。

風見《かざみ》さんの横顔《よこがお》を見《み》つめていたら、逆《ぎゃく》に言《い》われた。

「遠距離片思《えんきょりかたおも》いじゃないけど、私《わたし》、じつは、前田《まえだ》さんに勝手《かって》につけた詩《し》っていうか、キャッチコピーみたいなのがあるの」

「え、え？　なにそれ」

「『秘《ひ》めたる想《おも》い』っていうんだけど。前田《まえだ》さん、よく、そういう顔《かお》しているから。なんでかなって、ずっと不思議《ふしぎ》だったけど、昨日《きのう》、まちがえて手紙《てがみ》をとったことで、よくわかった」

ひ、ひめたる、おもい？　ええ？　そんな顔《かお》ってどんななの？

「応援《おうえん》するね、前田《まえだ》さんの遠距離《えんきょり》片思《かたおも》い。私《わたし》、前田《まえだ》さんのファンだし」

風見《かざみ》さんがにっこり笑《わら》う。

「ありがとう」

と自分《じぶん》も笑《わら》うと、とつぜん、視界《しかい》がかわった。

今《いま》までは生《お》い茂《しげ》る木《き》の中《なか》を歩《ある》いていたのに、目《め》の前《まえ》が急《きゅう》に広《ひろ》がり、黄色《きいろ》い湿原《しつげん》が現《あらわ》れ、そのむこうには男体山《なんたいさん》が堂々《どうどう》とそびえたっている。

「最初《さいしょ》の絶景《ぜっけい》ポイントだ。みんな、目《め》にやきつけろ」

先生《せんせい》の言葉《ことば》に、歓声《かんせい》があがり、リュックからデジカメを取《と》りだす子《こ》がたくさんいた。

私《わたし》は、カメラは持《も》ってこなかったので、この景色《けしき》を目《め》にやきつけよう。

でも、広《ひろ》い湿原《しつげん》を、そのむこうにそびえたつ男体山《なんたいさん》をながめていたら、急《きゅう》に泣《な》きそうになってきた。

だって、私《わたし》とひかりは、修学旅行《しゅうがくりょこう》の間《あいだ》、結局《けっきょく》、一度《いちど》も話《はな》していない。

中禅寺湖《ちゅうぜんじこ》ですれちがい、夜《よる》、手紙《てがみ》をもらい、ペンタスの咲《さ》いている植《う》えこみで、サッカーボールと三日月《みかづき》のやりとりはできたけど、会話《かいわ》はしていない。

どんなにきれいな景色《けしき》を見《み》ても「きれいだね」「ああ、そうだな」ってそんなかんたんなやりとりすらできない。

なのに、ホテルだけ同《おな》じって、考《かんが》えようによっては、残酷《ざんこく》だよ！

となりにいた風見《かざみ》さんはいつのまにか、もうそこにいなくて、青山君《あおやまくん》とふたりで湿原《しつげん》を見《み》ていた。

あそこが風見《かざみ》さんの定位置《ていいち》なんだ。

私《わたし》も、ひかりのとなりを自分《じぶん》の場所《ばしょ》にしたいよ。あせってくるよ。

すると、ぱらぱらと、小雨《こさめ》が顔《かお》に当《あ》たりだす。

「とうとう、きたか。みんな、レインコート着《き》ろ」

リュックから、レインコートを取《と》りだすと、ひじやひざの関節《かんせつ》が熱《あつ》いことに気《き》づいた。

どうしよう、やっぱり、昨日《きのう》、夜更《よふ》かしをしなければよかったんだ。

でも、あれは、夜《よる》だからこそ、静香《しずか》も胸《むね》の扉《とびら》をひらいてくれたわけだし。

だから、あの夜更《よふ》かしは正解《せいかい》で、きっと、熱《ねつ》も雨《あめ》で下《さ》がるよ。

自分《じぶん》で自分《じぶん》に言《い》い聞《き》かせ、レインコートをはおった。


雨《あめ》の降《ふ》るなか、歩《ある》きだすと、開《ひら》けた湿原《しつげん》から空《そら》がさえぎられる森《もり》の中《なか》にもどった。

前《まえ》のほうを歩《ある》くだれかが「木《き》って天井《てんじょう》みたいでいいな」と大《おお》きな声《こえ》をだし、クラスのみんなが「ラッキーラッキー」と、雨《あめ》なんかに負《ま》けるかとはげましあう。

「くしゅん！」

となりを歩《ある》く静香《しずか》が、また、くしゃみをした。

「大丈夫《だいじょうぶ》？　寒《さむ》いんじゃない？」

「平気《へいき》、平気《へいき》。と、言《い》いたいところだけど、うちらの昨日《きのう》のすばらしい思《おも》い出《で》は、けっこう高《たか》くつくかもね」

静香《しずか》がはなをすすりながら笑《わら》う。

言《い》える。私《わたし》も、絶対《ぜったい》に、熱《ねつ》がではじめている。

けど、学校《がっこう》を休《やす》んで、1人《ひとり》ぼっちで家《いえ》にいるときとはちがって、さびしくない。

2人《ふたり》で夜《よる》、ぬけだして、それで風邪《かぜ》ひいたって、なんだか楽《たの》しい。

本当《ほんとう》は、具合《ぐあい》が悪《わる》くなったら、静香《しずか》に教《おし》えて班長《はんちょう》をかわってもらう約束《やくそく》だったけど、だまっていよ。

「未来《みらい》は大丈夫《だいじょうぶ》なの？　うち、未来《みらい》になにかあったら、いつだって班長《はんちょう》できるからね。へ、へ、へっくしょん！」

静香《しずか》が豪快《ごうかい》なくしゃみをとばしてくれる。

「なんか、私《わたし》、平気《へいき》なの。日光《にっこう》って、自分《じぶん》にあっているのかな？」

適当《てきとう》なことを言《い》って、笑《わら》うと、静香《しずか》も「じゃあうちも治《なお》るね」とレインコートのフードを整《ととの》えた。

「おおい、足《あし》、気《き》をつけろよ」

先生《せんせい》の言葉《ことば》に、みんな、気《き》をひきしめる。

雨《あめ》は弱《よわ》いけれど、このあたり、木《き》の根《ね》っこが多《おお》いから、ちょっと湿《しめ》っているだけでも、すべって、しりもちをつきそう。

「5班《はん》のみんな、気《き》をつけよう」

自分《じぶん》とみんなをはげますよう、声《こえ》をだす。

前《まえ》を歩《ある》いていた、青山君《あおやまくん》と風見《かざみ》さんが「はあい」と返事《へんじ》をしてくれた。

「これ、けっこうスリリングだな。未来《みらい》、静香《しずか》、ゆっくり行《い》けよ」

うしろから、龍斗《りゅうと》の声《こえ》がすると、静香《しずか》の表情《ひょうじょう》がぱっと明《あか》るくなった。

龍斗《りゅうと》の声《こえ》が聞《き》こえたことが、はげまされたことが、静香《しずか》にはとてもうれしかったみたい。

けど、そのうれしさが皮肉《ひにく》な結果《けっか》になってしまうとは！

「りゅ、龍斗《りゅうと》もね」

静香《しずか》が首《くび》だけ動《うご》かし、そう言《い》ったとき、木《き》の根《ね》っこに足《あし》をとられてしまった。

「うぎゃあ！」

動物《どうぶつ》キャラのような悲鳴《ひめい》をあげたときはもう、すべてがおそかった。

静香《しずか》はしりもちをつき、体中《からだじゅう》にどろがはねている。

「おい！　静香《しずか》！」

「しっかり！」

龍斗《りゅうと》と私《わたし》がおこすと、先生《せんせい》と看護師《かんごし》のうららさんがこっちにやってきた。

「す、すみません、うち、やってしまいました！」

「ねんざはしてないみたいだね。歩《ある》けるかな？　あれれ？　風邪《かぜ》ひいちゃってる？」

うららさんは静香《しずか》の足《あし》や鼻《はな》を診《み》ていた。

「じつはちょっと、ひいてるかも。あ、でも歩《ある》けることは歩《ある》けます」

すると先生《せんせい》が言《い》った。

「あと少《すこ》しで、青木橋《あおきばし》っていう小《ちい》さな橋《はし》があって、そこをわたると休憩所《きゅうけいじょ》だ。そこまでがんばれ」

「え？　まさか、そのあとはリタイアとか？」

静香《しずか》が残念《ざんねん》そうな顔《かお》をすると、先生《せんせい》とうららさんが苦笑《くしょう》した。

「おまえな、ホームルームで説明《せつめい》しただろ。戦場ケ原《せんじょうがはら》ってところは、途中《とちゅう》でなにかがあっても、車《くるま》がはいってこられるような場所《ばしょ》じゃないから、歩《ある》き続《つづ》けるしかないって。だから、気《き》をつけろって」

「そうでした。ごめんなさ～い」

静香《しずか》がゆっくりと歩《ある》きだしたので、私《わたし》と龍斗《りゅうと》ははさむように足《あし》なみをそろえる。

いつのまにか底《そこ》の浅《あさ》い川《かわ》が見《み》えだし、小《ちい》さな橋《はし》がかかっていた。

木《き》でできた橋《はし》は、ぬかるんだ地面《じめん》より、ずっと歩《ある》きやすく、その下《した》をさらさらと水《みず》が流《なが》れていく。

橋《はし》のむこうには、木《き》で作《つく》られたいすやテーブルがあって、先《さき》についたほかのクラスの子《こ》たちは、座《すわ》ったり、荷物《にもつ》を置《お》いたり、レインコートの雨水《あまみず》をタオルでふいたりしていた。

その中《なか》に、パラパラと降《ふ》り続《つづ》ける小雨《こさめ》のむこうに、うちの学校《がっこう》の先生《せんせい》ではない大人《おとな》と、レインコートを着《き》ている男《おとこ》の子《こ》がいた。

目《め》をまたたかせる。似《に》ているんだけど。まさか……！

14章《しょう》 ちょっとおくれて叶《かな》った願《ねが》い

小雨《こさめ》が、しとしとと降《ふ》り続《つづ》き、木《こ》の葉《は》や地面《じめん》を湿《しめ》らせていくなか、私《わたし》は、一瞬《いっしゅん》、動《うご》けなくなった。

レインコートを着《き》た男《おとこ》の子《こ》が、こっちを見《み》ている。

「あれ？　大木《おおき》じゃねえ？」

すぐうしろから龍斗《りゅうと》の声《こえ》が聞《き》こえてきた。やっぱり、ひかりだ。目《め》の錯覚《さっかく》じゃない。

「岬先生《みさきせんせい》、どうしたんですか？」

若林先生《わかばやしせんせい》が、ひかりのそばにいる女《おんな》の人《ひと》に走《はし》りよる。

え？　あの女《おんな》の人《ひと》、先生《せんせい》なの？　私《わたし》は、ひかりの学校《がっこう》の学習発表会《がくしゅうはっぴょうかい》を観《み》に行《い》ったときのことを思《おも》いだした。

そうか、ひかりのクラスの先生《せんせい》だ。

「未来《みらい》！　あれ、ひかりだよ！　え、若林先生《わかばやしせんせい》、ひかりのクラスの担任《たんにん》と知《し》り合《あ》いなの？」

静香《しずか》はタオルでレインコートや顔《かお》についたどろをふきながら、おどろいていた。

どうしよう、そばに行《い》きたいけど、2人《ふたり》の先生《せんせい》をかきわけて、「ひかり！」とかけよる度胸《どきょう》はない。

けど、ひかりはおなかのあたりで、目立《めだ》たないけど、ちいさく手《て》をふってくれた。

私《わたし》も、すぐに、同《おな》じように、ひっそりと手《て》をふりかえす。

そのやりとりは、ペンタスの根《ね》もとに描《か》かれた、サッカーボールと三日月《みかづき》のようだった。

だれも気《き》づかないほどちいさなやりとり。

けど、私《わたし》たちだけにしかわからない合図《あいず》。

若林先生《わかばやしせんせい》と、ひかりの担任《たんにん》の先生《せんせい》はなにやら話《はな》し合《あ》っていて、ひかりもうなずき、今度《こんど》は、もものあたりで、こっちにむかってピースサインを作《つく》っていた。

え、なに？　意味《いみ》がわからない。ピースっていいことがあったときに使《つか》うものだよね？

すると、話《はな》し合《あ》いが終《お》わった若林先生《わかばやしせんせい》がこっちにやってきた。

「おおい、鈴原静香《すずはらしずか》、どこか痛《いた》くないか？」

先生《せんせい》は木《き》のベンチに腰《こし》かけている静香《しずか》とそばに立《た》っている私《わたし》に聞《き》いてきた。

「え、まあ、おしりはまだ痛《いた》いけど、ゆっくり歩《ある》けば、なんとかなります」

「よし。じつはな、いっしょのホテルに泊《と》まっているもう一《ひと》つの小学校《しょうがっこう》も、今《いま》、戦場ヶ原《せんじょうがはら》でトレッキング中《ちゅう》なんだ。うちの学校《がっこう》より早《はや》く出発《しゅっぱつ》したんだけど、具合《ぐあい》の悪《わる》い男《おとこ》の子《こ》が1人《ひとり》でてな、今《いま》、あそこで休《やす》んでいて」

先生《せんせい》の説明《せつめい》が途中《とちゅう》なのに、私《わたし》はつかみかかるようないきおいで聞《き》きかえしてしまう。

「あの子《こ》、どこか悪《わる》いんですか？」

ひかり、なにがあったの！　けがしたの？

「い、いや。あの立《た》っている男《おとこ》の子《こ》のむこうに、座《すわ》っている子《こ》がいるだろ。あの子《こ》が、喘《ぜん》息《そく》が悪化《あっか》したらしいんだ。立《た》っている子《こ》はつきそいで、いっしょにいるそうだ」

たしかにひかりのとなりに座《すわ》っている男《おとこ》の子《こ》がいる。

私《わたし》ってば1人《ひとり》で、なにをあわててるの？　はずかしい！

「で、今《いま》、むこうの先生《せんせい》と話《はな》し合《あ》ったんだが、鈴原《すずはら》は、むこうの学校《がっこう》の先生《せんせい》と、その喘息《ぜんそく》の男《おとこ》の子《こ》、となりに立《た》っている子《こ》といっしょにゆっくり来《く》ればいいんじゃないか。もちろん、うららさんもいっしょだ」

先生《せんせい》のうしろから、うららさんは、顔《かお》をだし、にっこりと笑《わら》う。

でも、静香《しずか》の顔《かお》は対照的《たいしょうてき》に「え」とかたまり、私《わたし》のほうをちらりと見《み》た。

静香《しずか》の言《い》いたいことはわかる。ひかりと歩《ある》くのはうちじゃなくて未来《みらい》のほうが！　そう言《い》いたいんだ。

でも、静香《しずか》、これはさあ、仕方《しかた》ないよ。

一瞬《いっしゅん》、たしかに思《おも》ったよ。「先生《せんせい》、私《わたし》もじつは熱《ねっ》っぽいんで、ゆっくり歩《ある》くチームにいれてください」って正直《しょうじき》に言《い》うのはどうだろうって。

でも、今《いま》まで、具合《ぐあい》が悪《わる》いことをかくしていて、いきなり、ここで言《い》いだすっていうのは、なんかいやだ。

「静香《しずか》、あの子《こ》たちといっしょにゆっくり歩《ある》きなよ」

「未来《みらい》……」

静香《しずか》は、納得《なっとく》できないよと、まゆが八《はち》の字《じ》になっている。

そのとき。

「前田《まえだ》、おまえ、鈴原《すずはら》といっしょにあの子《こ》たちと歩《ある》いてくれないか？」

先生《せんせい》の言葉《ことば》に静香《しずか》がおどろく。

私《わたし》も、意外《いがい》すぎる展開《てんかい》に反応《はんのう》の仕方《しかた》がわからない。

「むこうの男《おとこ》の子《こ》が気《き》をつかってくれて、いきなり、女《おんな》の子《こ》1人《ひとり》、知《し》らない学校《がっこう》の男子《だんし》2人《ふたり》にはさまれても、困《こま》るんじゃないかって。前田《まえだ》も病気《びょうき》のことがあるし、小雨《こさめ》もやみそうにないし、鈴原《すずはら》とゆっくり歩《ある》いたらいいんじゃないかな？」

さっきのひかりのピースサインの意味《いみ》がわかった。

おれ、いいこと思《おも》いついた、未来《みらい》、こっちに来《こ》いよ！　ひかりの声《こえ》が聞《き》こえた気《き》がした。

「そうしましょ！　先生《せんせい》、それでいきましょう！」

静香《しずか》がいきなり大《おお》きな声《こえ》をだすと、「転《ころ》んで、風邪《かぜ》もひいているのに元気《げんき》だな」と若林《わかばやし》先生《せんせい》は圧倒《あっとう》されていた。

聞《き》いていた龍斗《りゅうと》も、くっくと笑《わら》う。そうだ！

「ね、ねえ、龍斗《りゅうと》はどこか悪《わる》いところない？」

とっさにそう聞《き》くと、龍斗《りゅうと》も先生《せんせい》もぽかんとしていた。

龍斗《りゅうと》もいっしょだと静香《しずか》が喜《よろこ》ぶかと思《おも》ったんだけど、失敗《しっぱい》したかな？

私《わたし》、こういうこと本当《ほんとう》にへたくそだよね。

「おれ、どこもかしこも元気《げんき》だから、あとでゴールの湯滝《ゆだき》で合流《ごうりゅう》しようぜ」

龍斗《りゅうと》は、笑《わら》って親指《おやゆび》を立《た》てた。

考《かん》えすぎかもしれないけれど、龍斗《りゅうと》は自分《じぶん》がいないほうがいいと思《おも》ったのかもしれない。

「じゃあ、湯滝《ゆだき》で合流《ごうりゅう》しましょう。前田《まえだ》、鈴原《すずはら》、こちらの先生《せんせい》の言《い》うこと、よく聞《き》けよ。うららさん、よろしくお願《ねが》いします」

若林先生《わかばやしせんせい》は、岬先生《みさきせんせい》とうららさんに頭《あたま》をさげ、先《さき》に行《い》った私《わたし》たちの学校《がっこう》に走《はし》っていった。

「じゃあ、とりあえず、みんな自己紹介《じこしょうかい》しようか」

レインコートを着《き》ている岬先生《みさきせんせい》が言《い》った。

私《わたし》、ひかり、そして、静香《しずか》の３人《にん》の間《あいだ》に妙《みょう》な空気《くうき》が流《なが》れる。

だって、私《わたし》たち３人《にん》は知《し》り合《あ》いってことをこの先生《せんせい》は知《し》らないわけで。別《べつ》に知《し》り合《あ》いです、って言《い》ってもいいんだけど、そうすると、どこで知《し》り合《あ》ったの？　って質問《しつもん》される。

それは、私《わたし》とひかりの出会《であ》い、私《わたし》のひかりへの想《おも》いがばれてしまうようで、なんだかこわい。

けど、知《し》り合《あ》いだってことを言《い》えないのも気持《きも》ち悪《わる》いし。

すると、ひかりが、しっかりと説明《せつめい》してくれた。

「先生《せんせい》、この子《こ》は前田未来《まえだみらい》さん、こっちは鈴原静香《すずはらしずか》さん。2人《ふたり》とも、学習発表会《がくしゅうはっぴょうかい》でやったおれたちのロミオとジュリエットを観《み》に来《き》てくれたんです。友《とも》だちなんです」

ひかりがそう言《い》いきると、先生《せんせい》も、ひかりのとなりに立《た》っている丸眼鏡《まるめがね》をかけた喘息《ぜんそく》の男《おとこ》の子《こ》も「そうなんだ」とおどろいていた。

私《わたし》も、ひかりのあまりにもはっきりとした説明《せつめい》にあっけにとられてしまう。

ひかりの説明《せつめい》はなに一《ひと》つまちがっていないんだけど、なんで、どうして、心臓《しんぞう》の音《おと》が少《すこ》しずつ大《おお》きくなっていくの？

ひかりはすかさず、喘息《ぜんそく》の男《おとこ》の子《こ》の肩《かた》に手《て》を置《お》いた。

「こいつ、ロミジュリの脚本《きゃくほん》を書《か》いた二谷官九郎《にたにかんくろう》」

この子《こ》が？　体《からだ》が弱《よわ》くて入院中《にゅういんちゅう》に脚本《きゃくほん》を書《か》いて、ひかりは彼《かれ》をはげますためにロミオ役《やく》

に立候補《りっこうほ》したって。そっか。仲《なか》がいいから、つきそっているんだ。

でも、イメージとちがった。

ひかりから二谷君《にたにくん》の話《はなし》を聞《き》いたときは、うちのクラスの青山君《あおやまくん》みたいにさわやかなメガネ男子《だんし》を想像《そうぞう》していたんだけど……。

実際《じっさい》の二谷君《にたにくん》は、ぶあつい丸眼鏡《まるめがね》に、天然《てんねん》パーマが肩《かた》につくかどうかぐらいに伸《の》びていて、オタクっていうか、怪《あや》しいっていうか。個性強《こせいつよ》すぎ！

「あ、あの、ロミジュリ、すごくおもしろかった。よかった」

私《わたし》がそう言《い》うと、静香《しずか》も「うちも感動《かんどう》した。脚本書《きゃくほんか》けるなんて、すごいね」といつものはじけた笑顔《えがお》を、二谷君《にたにくん》に見《み》せた。

その瞬間《しゅんかん》、二谷君《にたにくん》になにかしらのスイッチがはいった。

二谷君《にたにくん》は、くもった丸眼鏡《まるめがね》で静香《しずか》の顔《かお》をじっと見《み》ている。

「え？　なに？　うち、だれかに似《に》てる？」

「どろ、にあうね」

二谷君《にたにくん》が無表情《むひょうじょう》のまま発《はっ》した言葉《ことば》の意味《いみ》がわからず、私《わたし》も静香《しずか》もかたまってしまった。

うららさんも絶句《ぜっく》している。

「と、とりあえず、進《すす》みましょう！　おしゃべりは歩《ある》きながらでもできるから！」

岬先生《みさきせんせい》がごまかすように出発《しゅっぱつ》すると、ひかりも、

「こいつ、将来《しょうらい》の有名脚本家《ゆうめいきゃくほんか》だから！　芸術家《げいじゅつか》だから！　おれたちとはちょっとちがうんだよ！」

と、二谷君《にたにくん》の背中《せなか》をおした。

わたしたちも、歩《ある》きだし、見守《みまも》ってくれるように、うららさんがうしろからついてきてくれた。

静香《しずか》が私《わたし》の耳《みみ》もとでささやく。

「未来《みらい》〜！　うち、あの子《こ》、きもちわるいんだけど」

「ちょ、ちょっと、個性強《こせいつよ》いね」

私《わたし》も顔《かお》をひきつらせてしまう。

すると、前《まえ》を歩《ある》いていた二谷君《にたにくん》が、三分《ぶん》の一ぐらい、顔《かお》をこちらにむけた。

しまった、聞《き》こえた？

「どろと包帯《ほうたい》はきれいな子《こ》じゃないとにあわないんだ。映画《えいが》でアップが決《き》まる女優《じょゆう》は、たいてい、どろと包帯《ほうたい》がにあう。ぼくが見《み》つけた映画《えいが》の法則《ほうそく》なんだ」

二谷君《にたにくん》は、世界中《せかいじゅう》で気《き》づいているのは、ぼくだけだ！　って感《かん》じで、自信満々《じしんまんまん》だった。

「へ、へえぇ」

静香《しずか》は私《わたし》のレインコートの袖《そで》をつかみながら、苦笑《にがわら》いをし、二谷君《にたにくん》は、ぼくは言《い》うべきことを言《い》った、かっこいいぞと前《まえ》をむく。

今《いま》まで会《あ》ったことない、かなり強烈《きょうれつ》な子《こ》だよ、二谷官九郎君《にたにかんくろうくん》！

ひかりの親友《しんゆう》だから仲《なか》よくしたいけど、できるかな？

先頭《せんとう》を歩《ある》いている岬先生《みさきせんせい》が、私《わたし》たちに気《き》をつかうかのように聞《き》いてきた。

「ねえ、静香《しずか》ちゃんと未来《みらい》ちゃんは、大木君《おおきくん》とどこで友《とも》だちになったの？」

静香《しずか》が、横目《よこめ》でこちらを見《み》る。

どうしよう、なんて答《こた》えればいいんだろう？

私《わたし》とひかりは病院《びょういん》で出会《であ》いましたって答《こた》えてもいいんだけど、やっぱり、なんだか、はずかしい。

できれば、あの出会《であ》いは、2人《ふたり》のヒミツにしたい。

小雨《こさめ》が降《ふ》り続《つづ》けるなか、先生《せんせい》の質問《しつもん》に答《こた》えが見《み》つからないでいると……。

「ええと、それはないしょです」

ひかりが頭《あたま》をかきながら、言《い》ってしまった。

「そこは教《おし》えてくれないんだ」

岬先生《みさきせんせい》は笑《わら》っている。

みんな、先生《せんせい》につられて笑《わら》い、ほがらかな雰囲気《ふんいき》だけど、私《わたし》は、1人《ひとり》、心臓《しんぞう》が爆発《ばくはつ》しそうだった。

だって、あの出会《であ》いだけはヒミツにしたいって思《おも》ったことが、ひかりに通《つう》じちゃったみたいで……！

しかも、そこだけはヒミツのまま、ひかりが自分《じぶん》のまわりに、私《わたし》のことを紹介《しょうかい》してくれたことが、はずかしくも、うれしくもあって。

でも、はずかしさよりうれしさのほうが強《つよ》い。

ううん、うれしいから、はずかしくもあるんだ。

以前《いぜん》、ひかりの学校《がっこう》の学習発表会《がくしゅうはっぴょうかい》を観《み》に行《い》ったとき。

本当《ほんとう》は、あのとき、ひかりから、ひかりのまわりに、自分《じぶん》を紹介《しょうかい》してほしかった。

けど、ひかりはサルの役《やく》だって言《い》っていたくせに、目《め》の前《まえ》で、大宮《おおみや》さんとロミオとジュリエットを演《えん》じられて、ショックを受《う》けて、ひかりとは会話《かいわ》もできずに帰《かえ》ってしまった。

でも、今《いま》、私《わたし》はひかりの担任《たんにん》の先生《せんせい》と、クラスメイトに、ひかりの口《くち》からちゃんと紹介《しょうかい》してもらえた。

ここは、ひかりの学校《がっこう》ではなく、日光《にっこう》だけど。

あれから、時間《じかん》は経《た》ってしまったけど。

まるで、ちょっとおくれて願《ねが》い事《ごと》が叶《かな》ったみたい。

ひかりが病院《びょういん》で出会《であ》ったときにくれたおみくじ、未来《みらい》　想《おも》いが叶《かな》う名前《なまえ》……。

「あれ、やんできたな」

ひかりが手《て》をひろげ、空《そら》を見《み》あげた。

今《いま》までパラパラ降《ふ》っていた雨《あめ》だけど、パラ……パラ……と、降《ふ》っているのかいないのか、もうわからなくなっていた。

「ひかり、なんか、かわったっていうか、えらい、はっきりしてるね」

静香《しずか》が私《わたし》の耳《みみ》もとでささやく。

私《わたし》も、ちょっと思《おも》った。電話《でんわ》で、はずかしくて、もう手紙《てがみ》は書《か》けないって言《い》っていたひかりとはちがう。なにかあったのかな？

15章《しょう》 虹《にじ》の中《なか》で

雨《あめ》がやむと、木《き》で覆《おお》われた森《もり》からふたたび、ひろびろとした湿原《しつげん》にでた。

そのはしの木道《もくどう》を歩《ある》いていくんだけど、人《ひと》の手《て》で作《つく》られているから、土《つち》の地面《じめん》とちがって、ぬかるんでもいないし、木《き》の根《ね》っこもないからすごく歩《ある》きやすい。

すると、前《まえ》を歩《ある》いていた二谷君《にたにくん》が、ゲホゲホと咳《せき》をした。

「苦《くる》しい？」

私《わたし》と静香《しずか》のうしろを歩《ある》いていた看護師《かんごし》のうららさんが、私《わたし》たちを追《お》いこし、二谷君《にたにくん》のそばに走《はし》りよった。

二谷君《にたにくん》のまわりを、岬先生《みさきせんせい》、うららさん、ひかりがかこむ。

「あんまり、心配《しんぱい》されても、はずかしい」

かこまれているなかから、二谷君《にたにくん》、本人《ほんにん》の声《こえ》が聞《き》こえてくると、静香《しずか》が私《わたし》を見《み》て、にやりと笑《わら》った。

え？　なに？

静香《しずか》は走《はし》りだし、二谷君《にたにくん》をかこむ輪《わ》の中《なか》にはいる。

かわりに、ひかりがはじきだされ、こっちにやってきた。

心臓《しんぞう》が小《ちい》さく甘《あま》い音《おと》をたてる。

二谷君《にたにくん》は大丈夫《だいじょうぶ》みたいで、しばらくすると、先生《せんせい》、うららさん、静香《しずか》、二谷君《にたにくん》の４人《にん》が一《ひと》つのかたまりになって歩《ある》きだし、そのうしろを私《わたし》とひかりの２人《ふたり》がついていく形《かたち》になった。

静香《しずか》、しむけてくれたんだ。

でも、今《いま》のこの状態《じょうたい》は、ひかりと２人《ふたり》になることは、ずっと待《ま》ち望《のぞ》んでいたんだけど、いざとなると、言《い》いたいこと、聞《き》きたいこと、たくさんあるのに、なにから話《はな》していいのか、わからない。

想《おも》いが叶《かな》うって、喜《よろこ》びよりとまどいのほうがずっと大《おお》きい。

けど、ひかりから話《はな》しかけてくれた。

「すげえ、意外《いがい》な展開《てんかい》だったな」

「え、ど、どれが意外《いがい》？　なんか、意外《いがい》が多《おお》すぎて。だって、修学旅行《しゅうがくりょこう》の日《ひ》が同《おな》じなのも意外《いがい》だし、ホテルがいっしょなのも意外《いがい》だし、今《いま》、いっしょに歩《ある》くことになったのもそうだし」

自分《じぶん》でも言《い》っていることがわからなかった。

本当《ほんとう》は、今《いま》、ひかりがとなりにいること、このひろびろとした湿原《しつげん》をいっしょに歩《ある》けることがうれしくてたまらないよって、言《い》えればいいんだけど、そうはいかない。

「そうだな、どれが意外《いがい》なんだろうな。でも、意外《いがい》でもねえかもな」

ひかりは、そう言《い》って、ポケットからキャンディーをとりだし、わたしてくれた。

「ありがとう」

私《わたし》は、包《つつ》みをひろげ、口《くち》のなかに放《ほう》りこむと、胸《むね》のおくが高鳴《たかな》りだす。

意外《いがい》でもねえかもな……って。

ひょっとして、ひかりは、こうやって2人《ふたり》きりになるのは、はじめから決《き》まっていたように思《おも》ってるのかな？

ひかりは急《きゅう》に真面目《まじめ》な口調《くちょう》になった。

「未来《みらい》、ごめん。悪《わる》かったよ」

「え？」

「電話《でんわ》で、手紙《てがみ》はもう書《か》けないって言《い》ったこと。まりんから聞《き》いたよ。すげえ、おこってたって」

ひかりは、静香《しずか》の背中《せなか》を指《ゆび》さした。

「まりんが言《い》ったんだ。『静香《しずか》ちゃんがおこってるってことは、未来《みらい》ちゃんはそうとう傷《きず》ついたんだ。静香《しずか》って子《こ》は、未来《みらい》ちゃんの悲《かな》しんだり、おちこんでる顔《かお》を見《み》て、本当《ほんとう》はひかりになにか言《い》ってやりたくて仕方《しかた》がなかったのに、お風呂《ふろ》でたまたま出会《であ》ったのがあたしだったから、とばっちりくった』って。まりん、すげえいきおいで、しゃべっていたけど、そのうしろに静香《しずか》のおこった顔《かお》も見《み》えたよ」

ひかりは、静香《しずか》の背中《せなか》を見《み》ながら、ばつが悪《わる》そうにしていた。

私《わたし》は、その話《はなし》を聞《き》いて、胸《むね》が熱《あつ》くなってくる。

「ひかりにはこわい思《おも》いさせちゃったかもしれないけれど、静香《しずか》も大宮《おおみや》さんもやさしいんだよ。大宮《おおみや》さんには、お礼言《れいい》っておいて」

「お、おう」

お風呂《ふろ》の前《まえ》では静香《しずか》も大宮《おおみや》さんもけんかみたいになっちゃったけど、おたがい思《おも》いやりのあるいい子《こ》だから、ああなったんだ。2人《ふたり》とも、ありがとう。

「ねえ。手紙書《てがみか》いて、届《とど》けるの大変《たいへん》だったんじゃない？」

「おれ、紙《かみ》なんてしおりしか持《も》ってこなくてさ。二谷《にたに》がノート持《も》っていたから、一枚《まい》ひきちぎってもらったんだよ。あいつ、いつもノート持《も》っていて、思《おも》いついたことをメモしているんだ」

二谷君《にたにくん》のその姿《すがた》、想像《そうぞう》できる。

前《まえ》を歩《ある》く静香《しずか》は、ちょっとひきながらも、二谷君《にたにくん》とけっこう楽《たの》しそうにしゃべっていた。

静香《しずか》のだれとでも友《とも》だちになれる、あの才能《さいのう》はすごい！

「ちなみに封筒《ふうとう》は、それがはいっていたやつ」

ひかりが私《わたし》のほほを指《ゆび》さした。

「え、あめ？」

「でかけるときに母《かあ》さんがあめとかキャラメルとか、封筒《ふうとう》につっこんでわたしてくれたんだ。封筒《ふうとう》の使《つか》いかたちがうだろって。でも、思《おも》わぬところで役《やく》に立《た》ったよ」

私《わたし》は学習発表会《がくしゅうはっぴょうかい》で見《み》た、ひかりのお母《かあ》さんのうしろ姿《すがた》と明《あか》るい笑《わら》い声《ごえ》を思《おも》いだす。

「そういうことしそう」

「だろ？」

私《わたし》たちが笑《わら》いあうと、くものすきまから太陽《たいよう》が見《み》えだした。

まるで、天気《てんき》が私《わたし》たちの再会《さいかい》をお祝《いわ》いしてくれているみたいに。

「ねえ、ちがう学校《がっこう》が泊《と》まっている棟《とう》に来《く》るってどきどきしなかった？」

「すげえしたよ。同《おな》じ建物《たてもの》だからつながってはいるけれど、ここから先《さき》が東棟《ひがしとう》なんだ、おれたちの学校《がっこう》とは関係《かんけい》ないんだって思《おも》ったら、人《ひと》の家《いえ》に勝手《かって》に忍《しの》びこむみたいな気持《きも》ちになってさ。はじめは忍者《にんじゃ》とか怪盗《かいとう》のノリだったけど、女子《じょし》の部屋《へや》のドアに手紙《てがみ》差《さ》しこむって、だれかに見《み》つかったら、なにを言《い》われるかわかったもんじゃねえやって」

ひかりはちょっとした武勇伝《ぶゆうでん》みたいに語《かた》っていたけれど、けっこう大変《たいへん》な思《おも》いをさせちゃったのかもしれない。

「廊下《ろうか》で未来《みらい》の学校《がっこう》の男子数人《だんしすうにん》とすれちがったんだけど、別《べつ》になんとも思《おも》われないんだな。学年全員《がくねんぜんいん》の顔《かお》を、しっかりと覚《おぼ》えているわけじゃないもんな。それがわかったら、開《ひら》き直《なお》れて、ドアの下《した》にすっと差《さ》しこんでさっさと帰《かえ》るつもりだったんだけど……」

「ねえ！　手紙《てがみ》なかなかはいらなかったでしょ。私《わたし》、ドアの下《した》のあれはなんだろうってずっと見《み》ていたの」

「なんだよ、気《き》づいたなら、ひっぱってくれよ！　おれ、あのとき、すげえ、あせったんだよ。ここをだれかに見《み》られたら、おれの人生《じんせい》もう終《お》わりだって！」

「ごめん」

「ごめんじゃねえよ」

ひかりは、うでを組《く》み、むくれて、そっぽをむいた。

私《わたし》は意外《いがい》な反応《はんのう》におどろく。

でも、そのぐらい、別《べつ》の学校《がっこう》の、しかも女《おんな》の子《こ》が泊《と》まっている部屋《へや》に手紙《てがみ》を届《とど》けるって、大変《たいへん》だったんだ。そうとう、がんばってくれたんだ。

今《いま》、思《おも》いかえせば、ひかりは、初《はじ》めて出会《であ》ったときから、がんばってくれたのかも。

病院《びょういん》で会《あ》ったときも、私《わたし》がいやな態度《たいど》をとったのに、その夜《よる》、病室《びょうしつ》におみくじとアイスキャンディーを持《も》ってきてくれたり。

再会《さいかい》してからの文通《ぶんつう》、それに、スイミングスクールの進級《しんきゅう》テストにも来《き》てくれた。

私《わたし》は、ひかりになにか言《い》いたくてたまらなくなった。

それは、ありがとう、なのかもしれない。ひかりって、いつもなに考《かんが》えているの？　かもしれない。私《わたし》、ひかりのこと好《す》きなんだよ、かもしれない。

どれも、ぜんぶ言《い》いたいのかもしれないし、このどれでもないのかもしれないし。

「なんだよ、急《きゅう》に、考《かんが》えこんで！　なにか言《い》ってくれよ。このままだと、おれはそっぽむき続《つづ》けるしかないだろ」

ひかりが、組《く》んでいたうでをほどき、こっちをむいてくれた。

「ご、ごめんね。私《わたし》、なんか気《き》の利《き》いたことを言《い》うのがへたくそなんだよね。おもしろいことを言《い》ってぱっと空気《くうき》をかえられたりできるといいんだけどね。やんなっちゃう」

しょんぼりと下《した》をむく。

「別《べつ》に、お笑《わら》い芸人《げいにん》じゃないんだから、おもしろいことを言《い》う必要《ひつよう》はねえよ。あ、けど、あのサッカーボールはわりい、ちょっとふきだした。未来《みらい》って、絵《え》、ヘタなの？」

ひかりが、笑《わら》いだす。

「ええ？　一生懸命《いっしょうけんめい》描《か》いたんだから、笑《わら》わないでよ！　そ、そりゃ、まるの中《なか》に五角形《ごかっけい》をいくつか描《か》いただけみたいになっちゃったけどさ、サッカーボールってむずかしいんだから！　ひかりはいいよね。三日月《みかづき》で！　三日月《みかづき》だったら、私《わたし》にだってきれいに描《か》ける」

今度《こんど》は私《わたし》がそっぽをむいてしまった。

でも、むきながら後悔《こうかい》する。

だって、サッカーボールと三日月《みかづき》のやりとり。おこるどころか、すごくすてきだったのに！

べ、別《べつ》におこることじゃなかったねと、ひかりのほうに顔《かお》をむけたとき。

いきなり、ひかりがすっと私《わたし》のほほにふれてきた。

え……。

一瞬《いっしゅん》、時間《じかん》が、心臓《しんぞう》が止《と》まった気《き》がした。

私《わたし》、前田未来《まえだみらい》は、今《いま》、どこにいるんだっけ？

今《いま》までどんなふうに暮《く》らしてきたんだっけ？

へたをすれば前田未来《まえだみらい》という、自分《じぶん》の名前《なまえ》すらも、忘《わす》れちゃいそう。

ひかりの手《て》は、それぐらいやさしくてあたたかくて。

湿原《しつげん》のまんなかでひかりの瞳《ひとみ》に吸《す》いこまれそうになる。

「未来《みらい》、おまえ、熱《ねつ》ない？」

「あ……」

「あるよな」

真顔《まがお》でもう一度《いちど》、聞《き》かれる。そうか、そういう意味《いみ》だったんだ。

ひかりの手《て》がほほからはなれ、やっと、心臓《しんぞう》が高鳴《たかな》りだした。

「ちょ、ちょっとだけ」

ひかりに会《あ》って、そんなこと忘《わす》れていたよって言《い》いかけそうになる。

「看護師《かんごし》さんに言《い》ったのか？」

「大《たい》したことないから。もう、最近《さいきん》、自分《じぶん》でわかるの。ここからは無理《むり》しちゃいけないけれど、ちょっとは無理《むり》しないと楽《たの》しいことも経験《けいけん》できなくなっちゃうって。でも、それは無理《むり》じゃない。ひかりだって、ちょっとばかし、あそこが痛《いた》い、ここが痛《いた》いとかで、試合《しあい》を放棄《ほうき》したくないでしょ？　逆《ぎゃく》にシュートでも決《き》めたら治《なお》っちゃったりするでしょ？」

心《こころ》のおくにたまっていたものが勝手《かって》にするすると声《こえ》になっていく。

ひかりが好《す》きってことは、なかなか声《こえ》になってくれないけれど、最近《さいきん》よく考《かんが》えること、だれかに言《い》いたくてたまらないのに、だれに言《い》えばいいのかわからないってことは、ひかりにはいっきにしゃべってしまう。

初《はじ》めて病院《びょういん》で出会《であ》ったときからそうだった。

ひかりには、私《わたし》の心《こころ》の防波堤《ぼうはてい》をこわしてしまうなにかがある。

「未来《みらい》って、さいごのさいごで強《つよ》いよな」

ひかりがふっと笑《わら》いほんのり明《あか》るくなりだした空《そら》を見《み》あげる。

「ええ？　私《わたし》が？」

「みんなさ、力持《ちからも》ちとか体《からだ》がでかいとかを強《つよ》いって言《い》うけどさ、未来見《みらいみ》ていると、そこじゃねえだろって。あ、あれだぞ。ほめ言葉《ことば》で言《い》っているんだからな」

「かいかぶりすぎだよ。私《わたし》、しょっちゅう、うじうじしていて、自分《じぶん》で自分《じぶん》がいやになってるよ」

ひかりに『元気《げんき》でな』って電話《でんわ》を切《き》られたときも、失恋《しつれん》したのかもって1人《ひとり》でなやんで
大《おお》さわぎして大変《たいへん》だったんだから。

「うじうじなんてだれでもやってるよ。おれだって」

「え？」

「おれ、手紙《てがみ》ははずかしくて書《か》けないって電話《でんわ》切《き》ったあと、すげえ、このへんがつまった
感《かん》じがしてさ」

ひかりが自分《じぶん》の胸《むね》を指《ゆび》でつく。

「はじめは電話《でんわ》をあわてて切《き》ったことを後悔《こうかい》した。あの切《き》りかた、へんじゃなかったか
なって。でも、そのあとは別《べつ》のことで、このへんがすっきりしなくなってさ」

「別《べつ》のこと？」

「おれたちってさ、手紙《てがみ》がないと、友《とも》だちでいることがむずかしいよな」

友《とも》だち……。

ひかりはなんの気《き》なしに使《つか》ったんだろうけど、私《わたし》としてはひっかかってしまう。

そっか、友《とも》だちか。喜《よろこ》んでいいのか、おちこんでいいのか、わからないや。

けど、ひかりは頭《あたま》をかきながら、一生懸命《いっしょうけんめい》に、続《つづ》きをしゃべりだした。

「おれ、未来《みらい》との手紙《てがみ》に今《いま》まで、かなり助《たす》けられてたっていうか。未来《みらい》に手紙《てがみ》を書《か》いていると、ほかのやつらには言《い》えなかったことが書《か》けちゃったり、え、おれってこんなこと考《かんが》えてたんだ！　って意外《いがい》な発見《はっけん》をしたり。これって、だれと文通《ぶんつう》しても、そうなったわけじゃない。まあ、相手《あいて》が未来《みらい》じゃなかったら、手紙《てがみ》なんて、一回《いっかい》だして終了《しゅうりょう》だよな」

「ひかり……」

胸《むね》の奥《おく》が、じんわりとあたたかい。

私《わたし》はひかりにとってまだ、友《とも》だちでしかない。

でも、特別《とくべつ》な、信頼《しんらい》されている友《とも》だちなのかも……。

「なんだよ、ぽかんとして。あきれてるのか？　そりゃ、未来《みらい》からすりゃあ、自分《じぶん》から手《て》紙《がみ》は書《か》けないとか言《い》ったくせに、こいつ、なに言《い》ってんだって思《おも》うだろうけど」

「あきれてなんか、いないよ」

私《わたし》は首《くび》をふる。

「私《わたし》も同《おな》じだよ。ひかりからの手紙《てがみ》になんど助《たす》けられたかわからない」

「そっか、じゃあ、やっぱり、おれたちにとって手紙《てがみ》は大切《たいせつ》ってことでさ。おれ、がんばって書《か》くから」

「本当《ほんとう》に？」

「ああ、手紙《てがみ》はおれたちにとって大切《たいせつ》なものなんだ」

ひかりが私《わたし》の顔《かお》をしっかりと見《み》て言《い》ってくれた。

近《ちか》づいた。私《わたし》とひかりの距離《きょり》がちょっとだけ縮《ちぢ》んだ。

まだまだ、遠距離片思《えんきょりかたおも》いだけど、なにかが少《すこ》しだけかわった。

ひかりが、担任《たんにん》の先生《せんせい》や友《とも》だちに私《わたし》をはっきりと紹介《しょうかい》してくれたのは、電話《でんわ》をあわてて切《き》って私《わたし》を傷《きず》つけてしまったことを挽回《ばんかい》したかったのかもしれない。

「お！」

ひかりが大《おお》きな声《こえ》をだし、空《そら》をさすと、虹《にじ》がかかっていた。

「きれい！」

「ああ、すげえな」

ひかりは、虹《にじ》の登場《とうじょう》にはしゃいでいた。

虹《にじ》がきれいなのは、もちろんだけど、ひかりと2人《ふたり》で同《おな》じ景色《けしき》を見《み》て、言葉《ことば》をかわしているってことが、私《わたし》には、これ以上《いじょう》はないってぐらい、たまらなく幸《しあわ》せだった。

「そういや、おれたちって、会《あ》うとき、雨多《あめおお》くない？」

「あ、ペンタス見《み》たときも」

「だろ」

おたがい顔《かお》を見《み》あわせ、ぷっとふきだす。

「ねえねえ、手紙《てがみ》に書《か》いてあった気《き》になることってなに？」

私《わたし》は、跳《は》ねるような足取《あしど》りで聞《き》く。だって、なんだか、いいことの予感《よかん》がするから。

けど、ひかりの顔《かお》がちょっとかわった。

「未来《みらい》のお母《かあ》さん、雑誌《ざっし》にのっただろ」

「う、うん。よく、知《し》ってるね」

「父《とう》さんが、買《か》ってきて、読《よ》んで、そのページを折《お》っていた」

「え？」

「父《とう》さん、リビングに1人《ひとり》でいるときに、雑誌《ざっし》を読《よ》んでページを折《お》っていた。次《つぎ》の日《ひ》、リビングのマガジンラック見《み》て、折《お》ってあるところ開《ひら》いたら、あ、未来《みらい》のお母《かあ》さんだって」

「ねえ、ひかりのお父《とう》さん、予約《よやく》してくれたんじゃない？　今《いま》、新《あたら》しいお客《きゃく》さんどんどんふえているの。ええと、娘《むすめ》として、毎度《まいど》ありがとうございます。なんちゃって」

私《わたし》が笑《わら》うと、ひかりは首《くび》をふった。

「そうじゃない。たぶん、知《し》り合《あ》いなんだ」

「え、だれとだれが？」

「未来《みらい》のお母《かあ》さんとおれの父《とう》さんだよ」

私《わたし》は、お母《かあ》さんが、夕飯《ゆうはん》のときに、ひかりのお父《とう》さんの名前《なまえ》を聞《き》いてきたのを思《おも》いだした。

もし、ひかりのお父《とう》さんと私《わたし》のお母《かあ》さんが知《し》り合《あ》いだったとしたら。

それって、どういうことになるの？

すると……。

「ねえ～！　せっかくの虹《にじ》だから、みんなで写真撮《しゃしんと》ろう！」

岬先生《みさきせんせい》が手《て》まねきしてくれた。

「未来《みらい》、撮《と》ってもらおうぜ」

「う、うん」

岬先生《みさきせんせい》がカメラを持《も》ち、「よって、よって」と手《て》で合図《あいず》する。

木道《もくどう》はせまいので、せいぜい2人《ふたり》しか横《よこ》にならべない。

うららさんは「まずは子供《こども》だけで」と、岬先生《みさきせんせい》のそばにいく。

「じゃあ、こんな感《かん》じで！」

静香《しずか》がわざと、私《わたし》を前《まえ》につきだした。

二谷君《にたにくん》が、それを見《み》て、ひょっとして、自分《じぶん》が静香《しずか》のとなりにならびたいと思《おも》ったのか、ひかりをつきだす。

「いいよ、いいよ、はい。チーズ！」

シャッターの音《おと》がしたとき。

私《わたし》とひかりは2人《ふたり》でならび、そのうしろに、静香《しずか》、二谷君《にたにくん》となっていた。

よく考《かんが》えたら、初《はじ》めて、ひかりと写真《しゃしん》、撮《と》ったんじゃない？

私《わたし》、今《いま》、あわてて、へんな顔《かお》してなかった？

「湯滝《ゆだき》まであと、ちょっと。がんばりましょう」

先生《せんせい》の声《こえ》に、みんな歩《ある》きだす。

そうだ、私《わたし》のお母《かあ》さんとひかりのお父《とう》さんが知《し》り合《あ》いだって、別《べつ》に大《たい》した問題《もんだい》じゃない。

私《わたし》は、ひかりがこんなにも好《す》きで、今《いま》、となりにいるんだから。

いっしょに虹《にじ》を見《み》ているんだから。

第《だい》6巻《かん》につづく

あとがき

『君約《きみやく》』シリーズ、第《だい》5巻《かん》を読《よ》んでくれてありがとう！

今回《こんかい》は修学旅行先《しゅうがくりょこうさき》の日光《にっこう》が舞台《ぶたい》のお話《はなし》だったけどどうだったかな？

実《じつ》は、私《わたし》も小学生《しょうがくせい》の時《とき》、修学旅行《しゅうがくりょこう》が日光《にっこう》だったんですが、全然《ぜんぜん》、記憶《きおく》にない！

と、いうことで、今回《こんかい》、改《あらた》めて、取材《しゅざい》してきました。

取材中《しゅざいちゅう》は残念《ざんねん》ながら、ずっと雨《あめ》が降《ふ》り続《つづ》いて、じめじめしたり足元《あしもと》が危《あぶ》なかったり。けど、東照宮《とうしょうぐう》や戦場《せんじょう》ヶ原《はら》を見学《けんがく》している小学生《しょうがくせい》たちは、雨《あめ》で滑《すべ》ったり転《ころ》んだりしても、先生《せんせい》に指導《しどう》されながら泥《どろ》だらけの服《ふく》をトイレで着替《きが》えることになっても、みんな、楽《たの》しそうに笑《わら》っていました。

そのおおらかでたくましい姿《すがた》は、大人《おとな》の私《わたし》からすると、ちょっと、まぶしいぐらい。

そうだ！　旅行先《りょこうさき》が晴《は》れているとは限《かぎ》らない！　どこに行《い》こうが何《なに》が起《お》きるかは分《わ》からない。大切《たいせつ》なのは、突然《とつぜん》降《ふ》りかかってくるトラブルをも楽《たの》しめるおおらかさとたくましさだ！

思《おも》わず雨《あめ》の日光《にっこう》で、拳《こぶし》を握《にぎ》りしめ、熱《あつ》く誓《ちか》ってしまう私《わたし》でした（笑）

話《はなし》は変《か》わって、四巻《かん》のラストが気《き》になって仕方《しかた》がない！　というお手紙《てがみ》をたくさんいただきました。

未来《みらい》ちゃんのお母《かあ》さん、ひかり君《くん》のお父《とう》さんと、なにかあるんでしょうかね？？

う〜ん、それは誰《だれ》にも分《わ》かりません。

というわけで次巻《じかん》はちょっと面白《おもしろ》い展開《てんかい》になってきます。

お楽《たの》しみに！

みずのまい

※みずのまい先生《せんせい》へのお手紙《てがみ》は、こちらに送《おく》ってください。
〒101−8050　東京都千代田区一ツ橋《とうきょうとちよだくひとつばし》2−5−10
集英社《しゅうえいしゃ》みらい文庫編集部《ぶんこへんしゅうぶ》　みずのまい先生係《せんせいがかり》

あとがき。
今回はまりんちゃん！
たったひとつの君との約束⑤
修学旅行《しゅうがくりょこう》はいろんなドキドキがいっぱいですね…
U35(うみこ)

集英社みらい文庫

たったひとつの
君《きみ》との約《やく》束《そく》
～失恋修学旅行《しつれんしゅうがくりょこう》～

みずのまい 作

U35（うみこ） 絵

ファンレターのあて先
〒101-8050 東京都千代田区一ツ橋2-5-10 集英社みらい文庫編集部
いただいたお便りは編集部から先生におわたしいたします。

2018年 4 月30日 第1刷発行

発行者 北畠輝幸
発行所 株式会社 集英社
〒101-8050 東京都千代田区一ツ橋2-5-10
電話 編集部 03-3230-6246
読者係 03-3230-6080
販売部 03-3230-6393（書店専用）
http://miraibunko.jp
装丁 中島由佳理
印刷 図書印刷株式会社 凸版印刷株式会社
製本 図書印刷株式会社

ISBN978-4-08-321430-1 C8293 N.D.C.913 184P 18cm

好評《こうひょう》発売中《はつばいちゅう》!
先《せん》パイ、出会《であ》って2度目《どめ》で「つきあってくれないかな?」って、この展開《てんかい》、急《きゅう》すぎません――!?
第《だい》5回《かい》集英社《しゅうえいしゃ》みらい文庫《ぶんこ》大賞《たいしょう》優秀賞《ゆうしゅうしょう》受賞者《じゅしょうしゃ》の、みらい文庫《ぶんこ》デビュー作《さく》!!

この声《こえ》とどけ!
恋《こい》がはじまる放送室《ほうそうしつ》☆

神戸遥真《こうべはるま》・作《さく》　木乃《きの》ひのき・絵《え》

自分《じぶん》に自信《じしん》のない中《ちゅう》1のヒナ。1年《ねん》1組《くみ》、おまけに藍内《あいうち》なんて名《みょう》字《じ》のせいで、入学式《にゅうがくしき》の新入生代表《しんにゅうせいだいひょう》あいさつをやることになっちゃった。当日《とうじつ》、心臓《しんぞう》バクバクで練習《れんしゅう》していたら、放送部《ほうそうぶ》のイケメン・五十嵐先《いがらしせん》パイが通《とお》りがかり——?　その出会《であ》いからわずか数日後《すうじつご》、ヒナは五十嵐先《いがらしせん》パイから、とつぜん告白《こくはく》されちゃって……??

放送部《ほうそうぶ》を舞台《ぶたい》におくる
部活《ぶかつ》ラブ★ストーリー!!

4人《にん》のキラキラな男《おとこ》の子《こ》たちと
事件《じけん》に巻《ま》き込《こ》まれて、
心臓《しんぞう》がバクバクしそう!?
お前《まえ》の“チカラ”が必要《ひつよう》なんだ!」
2018年《ねん》
5/24
木《もく》
発売《はつばい》!!
大人気《だいにんき》! 放課後《ほうかご》❤ドキドキストーリー第《だい》2弾《だん》

青《せい》星《せい》学《がく》園《えん》☆チームEYE-S《アイズ》の事《じ》件《けん》ノート

～ロミオと青《あお》い星《ほし》のひみつ～

相川《あいかわ》 真《しん》・作《さく》
立樹《たちき》まや・絵《え》

「ゆず、お前《まえ》の“チカラ”が必要《ひつよう》なんだ！」

“トクベツな力《ちから》”をもつ中《ちゅう》1のゆずは、目立《めだ》たず、平穏《へいおん》な生活《せいかつ》を望《のぞ》んでいたのに、4人《にん》のキラキラな男《おとこ》の子《こ》たちと事件《じけん》に巻《ま》き込《こ》まれ!?

第《だい》2弾《だん》の舞台《ぶたい》は、青星学園《せいせいがくえん》の学園祭《がくえんさい》！

Sクラス《エス》男子《だんし》たちは劇《げき》『ロミオとジュリエット』を総《そう》プロデュース。

学園中《がくえんじゅう》がS《エス》クラス男子《だんし》たちの舞台《ぶたい》にワクワクしている中《なか》、モデルのレオくんが何者《なにもの》かにねらわれている!?

超《ちょう》胸《むね》キュン!!
せつない三角《さんかく》関係《かんけい》の恋《こい》のゆくえは!?
テレビドラマ放《ほう》送《そう》中《ちゅう》！
TBS系列《けいれつ》にて（毎週《まいしゅう》火曜日《かようび》よる10時《じ》～）
2018年《ねん》
5月《がつ》11日《にち》(金《きん》)
発売《はつばい》!!

「みらい文庫《ぶんこ》」読者《どくしゃ》のみなさんへ

言葉《ことば》を学《まな》ぶ、感性《かんせい》を磨《みが》く、創造力《そうぞうりょく》を育《はぐく》む……、読書《どくしょ》は「人間力《にんげんりょく》」を高《たか》めるために欠《か》かせません。たった一枚《いちまい》のページをめくる向《む》こう側《がわ》に、未知《みち》の世界《せかい》、ドキドキのみらいが無限《むげん》に広《ひろ》がっている。これこそが「本《ほん》」だけが持《も》っているパワーです。

学校《がっこう》の朝《あさ》の読書《どくしょ》に、休《やす》み時間《じかん》に、放課後《ほうかご》に……。いつでも、どこでも、すぐに続《つづ》きを読《よ》みたくなるような、魅力《みりょく》に溢《あふ》れる本《ほん》をたくさん揃《そろ》えていきたい。読書《どくしょ》がくれる、心《こころ》がきらきらしたり胸《むね》がきゅんとする瞬間《しゅんかん》を体験《たいけん》してほしい、楽《たの》しんでほしい。みらいの日本《にほん》、そして世界《せかい》を担《にな》うみなさんが、やがて大人《おとな》になった時《とき》、「読書《どくしょ》の魅力《みりょく》を初《はじ》めて知《し》った本《ほん》」「自分《じぶん》のおこづかいで初《はじ》めて買《か》った一冊《いっさつ》」と思《おも》い出《だ》してくれるような作品《さくひん》を一所懸命《いっしょけんめい》、大切《たいせつ》に創《つく》っていきたい。

そんないっぱいの想《おも》いを込《こ》めながら、作家《さっか》の先生方《せんせいがた》と一緒《いっしょ》に、私《わたし》たちは素敵《すてき》な本作《ほんづく》りを続《つづ》けていきます。「みらい文庫《ぶんこ》」は、無限《むげん》の宇宙《うちゅう》に浮《う》かぶ星《ほし》のように、夢《ゆめ》をたたえ輝《かがや》きながら、次々《つぎつぎ》と新《あたら》しく生《う》まれ続《つづ》けます。

本《ほん》を持《も》つ、その手《て》の中《なか》に、ドキドキするみらい――。

本《ほん》の宇宙《うちゅう》から、自分《じぶん》だけの健《すこ》やかな空想力《くうそうりょく》を育《そだ》て、〝みらいの星《ほし》〟をたくさん見《み》つけてください。

そして、大切《たいせつ》なこと、大切《たいせつ》な人《ひと》をきちんと守《まも》る、強《つよ》くて、やさしい大人《おとな》になってくれることを心《こころ》から願《ねが》っています。

2011年《ねん》　春《はる》

集英社《しゅうえいしゃ》みらい文庫《ぶんこ》編集部《へんしゅうぶ》